AF392915

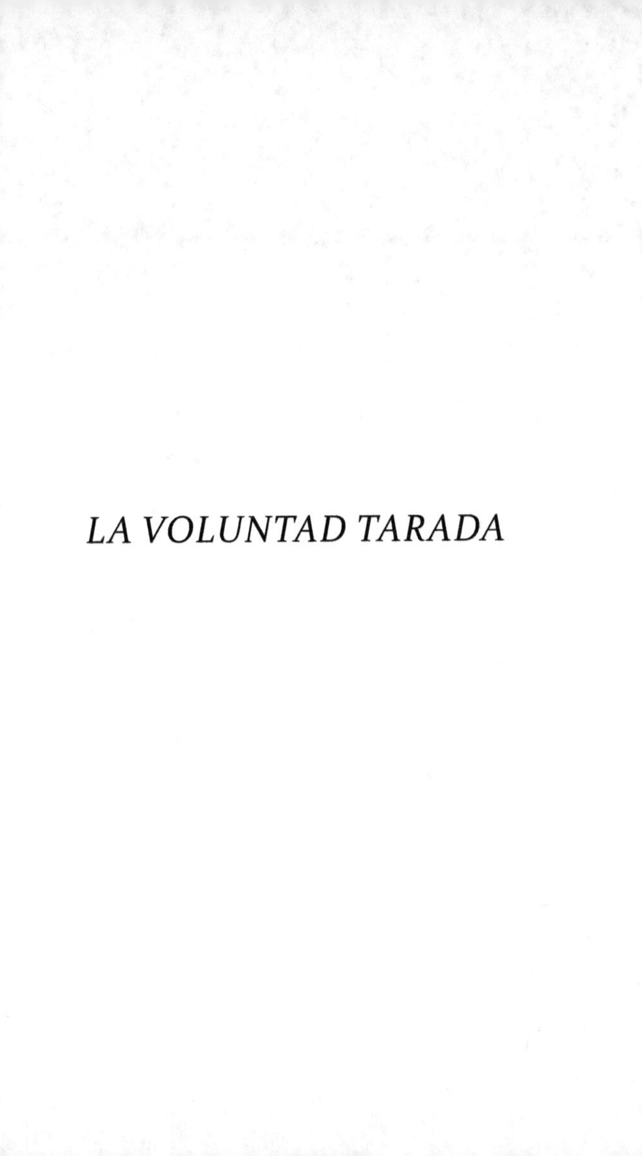

LA VOLUNTAD TARADA

LA VOLUNTAD TARADA

Selección Antonio Díaz Oliva

ROBERTO ARLT

SONORA

Recopilación, cronología y prólogo, Antonio Díaz Oliva.

LA VOLUNTAD TARADA
ROBERTO ARLT

© Roberto Arlt
© de la edición digital: Editorial Sonora
© de la edición impresa: Editorial Sonora

Sonora Ediciones es un sello editorial
del grupo ebooks Patagonia
@neonediciones
www.neonediciones.com
San Sebastián 2957, Las Condes
Santiago de Chile

ISBN impreso: 978-956-9967-12-2
ISBN digital: 978-956-9967-13-9

Primera edición, marzo 2021

Edición: María Paz Rodríguez y Victoria Valenzuela
Arte de portada: Camila Vásquez

ÍNDICE

El atorrante de Arlt

¿Qué tan joven murió Roberto Arlt?

El autor argentino Juan José Saer, hoy tan resucitado por los escritores latinoamericanos vanguardistas-wannabe, dice que: «En ciertos casos, una muerte bien colocada puede llegar a tener, como Arlt decía, la eficacia de un cross a la mandíbula».

Quien escribe esto concuerda con Saer: la muerte de Roberto Arlt fue eficaz. La lectura de sus cuentos y crónicas y novelas deja claro que Arlt era de espíritu joven y no un escritor con alma de viejo «a la Borges» que proyectaba una imagen de ratón de biblioteca.

A Roberto Arlt le interesaban los libros, pero también *todo* aquello que no cabía en los libros. A veces, por ejemplo, el argentino miraba por la ventana y escribía esto: «Cada ventana iluminada en la noche crecida, es una historia que aún no se ha escrito». Y puede que haya sido el espíritu joven, esa energía que lo consumía, lo que finalmente terminó por matarlo. Porque Roberto Emilio Gofredo Arlt, hijo de inmigrantes europeos y pobres y recién llegados a Argentina, nació en 1900 en Buenos Aires. Durante su vida publicó cuatro novelas y varios libros de cuentos y crónicas o aguafuertes. También algunas obras de teatro. Y viajó por España, partes de África, Brasil, Uruguay y Chile. Y tuvo dos esposas, un hijo y una hija.

Murió joven, de un paro cardiaco, a los 42 años.

~

El presente libro contiene tres Roberto Arlt. O tres formas de leer a un autor que, según el director de un diario porteño del siglo pasado, habría que presentar así: «El atorrante de Arlt. Un gran escritor».

La voluntad tarada. El primer Arlt es el Arlt justamente tarado. O digamos que aquel que es un lector torpe. Uno que, leyendo, se refugia del mundo y que ilusamente cree que así se salvará de trabajar. Bajo ese espíritu, en esta sección hay dos textos. El primero, «Cuaderno de notas», es una mezcla de viñetas autobiográficas, seleccionadas por quien escribe, de manera totalmente arbitraria, con el objetivo de que sea Arlt quien se presente ante el lector. Le siguen una serie de pequeños ensayos y aguafuertes y hasta una carta de Arlt al escritor brasileño Ricardo Güiraldes que nos permite atisbar su vida personal sin demasiado maquillaje escritural. («Estoy harto... tan harto que hasta siento en mi cuerpo la hinchazón del alma»).

Lo que pudrió la civilización. El segundo Arlt es el Arlt que retrata los márgenes de la sociedad. Criminales; tuberculosos; marginales auténticos; marginales voluntarios; deformes; cafishios; prostitutas; anarcos; y todo aquello que la civilización pudrió. Esta sección contiene cuentos y crónicas policiales. Algunos ya son canónicos, como «El jorobadito». O el relato favorito de Juan Carlos Onetti, «Ester primavera», que sin duda antecede su novela

Los adioses. Otros textos estaban hasta hace poco inéditos, como el cuento «Yo no sé si soy ella», en el cual Arlt explora su faceta pop (¿Puig antes de Puig?). También la crónica «El facineroso» es difícil de encontrar y muestra al Arlt más sangriento y crudo.

El placer de vagabundear. El tercer Arlt es el que divaga; aquel que escribió entre 400 y 500 columnas, o aguafuertes, casi un género en sí, y a partir de las cuales aprovechó de caminar por Buenos Aires. Era un *flâneur*. Y lo era en el sentido total de la palabra. Arlt caminaba para pensar y pensaba para caminar. Y al igual que James Joyce con los callejones y bares y barrios de Dublín, Arlt fue el gran urbanizador de la capital argentina y hasta de América Latina; y por eso todos los que escribimos sobre ciudades, y ciudadanos, le debemos algo. Muchas de estas aguafuertes son conversaciones (cuando no divagaciones) consigo mismo o con sus lectores, quienes le escribían al diario con frecuencia y le preguntaban todo tipo de cosas. Esta sección tiene ese tipo de textos principalmente, aunque también un cuento de una metrópoli distópica («La luna roja») y hacia el final una suerte de auto-ficción en que Arlt explora su vida interior a partir del dedo gordo de un pie («Soy dulcemente egoísta y no me parece mal»).

~

Milan Kundera se quejaba que el problema de Franz Kafka es que los estudiosos de Kafka (los kafkólogos) estaban eclipsando la obra del checo y reemplazándola con lecturas forzadas, herméticas, las cuales finalmente confundían y alejaban a los lectores.

Algo similar ha sucedido con Roberto Arlt.

La generación de Ricardo Piglia y Beatriz Sarlo, y hordas de académicos tras de ellos, rescataron a Arlt y lo presentaron a nuevas generaciones. Pero también lo reciclaron hasta el cansancio. Pero no hay peor lugar para Arlt que los salones universitarios: su lugar era la calle. Por supuesto, Arlt quería ser argentino y no europeo. Porque Europa era la clase alta y los salones finos y Borges y las hermanas Ocampo y el dandy de Bioy. Su plan era convertirse en el Dostoyevski de Corrientes: «Me interesa más el trato de los canallas y los charlatanes que el de las personas decentes».

Así, por frases como esas, Arlt se ganó detractores. Especialmente aquellos que pensaban y escribían desde la alta cultura. El más famoso es el ya invocado Jorge Luis Borges.

«¿Has notado cómo se admira hoy a Arlt? Raro ¿no?», le pregunta Borges a Bioy Casares cuando en los años sesenta, Arlt era redescubierto por nuevos lectores. «La explicación es: cualquier cosa, menos pensar», sigue Borges. «Se puede aceptar o negar. Es preferible aceptar. Es claro que si todo el mundo empieza a decir que Arlt es una porquería dirán que es una porquería».

Años más tarde, en una conversación similar, Bioy defiende a Arlt frente a Borges: «Aun reconociendo la torpeza con que están escritos, esos textos tienen una frescura de la que carecen otras obras».

Frescura que ha permanecido con el tiempo y que se puede apreciar en esta antología. Una que asimismo deja ver a un Roberto

Arlt crítico (hasta cierto punto) de su propia masculinidad, tal como se ve en «Las fieras», «Ester primavera» o el texto «Cómo se ofende a la mujer», donde anota: «He visitado muchas ciudades extranjeras (...) pero en ninguna parte del mundo se injuria de palabra e intención a la mujer como en nuestra sociedad con la indiferencia de las autoridades. Causa vergüenza».

~

Gran parte de la obra de Arlt explora la ciudad. La promesa de las grandes urbes, parece decir, no es más que el espejismo que proyecta un sistema social-económico inhumano. Por eso el crimen brota con tanta facilidad en la Buenos Aires de Arlt. El crimen es tanto una forma de rebelión contra ese sistema como una forma de purgarse espiritualmente. Silvio Astier, el narrador de *El juguete rabioso* se siente bien al quemar libros. Sí: los mismos libros que alguna vez le dieron tanta alegría ahora los prende con gasolina una vez que se da cuenta de que nunca será parte de la aristocracia. De que la promesa del sistema (*trabaja y tendrás una vida mejor*) es una ficción a la cual muchas personas renuncian a través de pequeños o grandes actos criminales.

«Hay momentos en nuestra vida en que tenemos necesidad de ser canallas, de ensuciarnos hasta adentro, de hacer alguna infamia, yo qué sé...», dice Silvio. «De destrozar para siempre la vida de un hombre... y después de hecho eso podremos volver a caminar tranquilos».

La vida tarada es una selección para lectores y lectoras, todavía sin iniciarse en el mundo arltiano. Mezcla ficción y no-ficción y a veces no queda claro si el narrador es Arlt o una de sus máscaras ficticias. Por lo general da lo mismo. Ambas comparten el mismo espíritu rabioso y urbano.

Al igual que las traducciones y compilaciones de Virginia Woolf y Henry David Thoreau, publicados por esta misma editorial, *La voluntad tarada* es una introducción a la obra de Roberto Arlt. Este es un libro con violaciones masivas, golpizas, redes de prostitución. Es un libro descarnado, sí. Pero uno en el que por eso mismo se rastrean pistas de las escrituras urbanas que hoy exploran la violencia social. Leer a Arlt casi ocho décadas de su muerte es tanto observar una postal de la Buenos Aires del pasado como imaginar una ciudad latinoamericana futura. Una megalópolis latinoamericana siempre al borde del colapso social y llena de historias. Historias, como decía Arlt al mirar por la ventana, que permanecen sin escribir.

Cronología
Roberto Arlt

1900 - Nace un 26 de abril a las 23:00 horas, en la calle La Piedad, 677, de Buenos Aires, Roberto Godofredo Cristophersen Arlt, hijo de Kart Arlt, alemán de Posen, de oficio contable —dice el acta «tenedor de libros»— y de Ekatherine Iosbserbitser, austriaca de la zona italiana. Roberto es el tercer hijo del matrimonio, sólo vive su hermana mayor Luisa —Lila, familiarmente—, la segunda niña fallece.

1909 - Ya era expulsado de tres colegios y presume de haber vendido un cuento.

1914 - Se le acusa de haber emprendido correrías con un zapatero remendón de la calle Rivadavia.

1915 - Su padre trabaja para «Molinos harineros y elevadores de grano del Río de la Plata», y visita frecuentemente el estado de Misiones, frontera con el Paraguay. Roberto comienza a trabajar en la librería Perellano, en la calle Rivadavia, tan importante para la redacción de su ensayo «Las ciencias ocultas en la ciudad de Buenos Aires».

1917 - Frecuenta, en compañía de su amigo para siempre, Conrado Nalé Roxlo, círculos literarios de poetas jóvenes; con mayor asiduidad el de Félix Visillac, que publica la revista *La idea de Flores*.

1920 - Publica «Las ciencias ocultas en la ciudad de Buenos Aires» en *Tribuna Libre*.

1921 - Ingresa en el Regimiento 13 de Infantería de Alta Córdoba para hacer el servicio militar.

1922 - Se casa con Carmen Antinucci, tres años mayor que él, a quien conoce en Córdoba. Roberto recibe 25. 000 pesos que invierte en una fábrica de ladrillos, pero sigue publicando cuentos. Nace su hija Electra Mirta en Cosquín.

1923 - Arlt regresa a Buenos Aires por una bronconeumonía.

1924 - Con el resto del dinero compra un terreno en la calle Lascano, donde intentará construir una casa con la ayuda de su padre. Colabora en publicaciones políticas como *Extrema Izquierda, Izquierda y Última hora.*

1925 - Ricardo Güiraldes intenta publicarle en Proa *El juguete rabioso* (entonces titulada aún *La vida puerca*). Será este mismo novelista, entonces su protector, quien le sugiera cambiar el título.

1926 - Publica *El juguete rabioso* en la Editorial Latina.
En noviembre comienza a publicar en *Don Goyo* sus notas, algunas muy interesantes y autobiográficas.
Escribe y publica sus cuentos en *Última Hora, Claridad, Mundo Argentino y El Hogar*, en donde ya nunca dejará de hacerlo.

1927 - Trabaja como cronista policial de *Crítica*. Se hace amigo de Cayetano Córdoba Iturburu y de Edmundo Guibourg.

1928 - Ingresa al matutino *El Mundo*, fundado el 14 de mayo. Allí publicará crónicas policiales, cuentos y, el 14 agosto, el primero de sus célebres Aguafuertes: «El hombre que ocupa la vidriera del café». En la revista *Pulso* publica un anticipo de su novela *Los siete locos*.

1929 - Vive en una pensión de la calle Pueyrredón, 486.
Publica *Los siete locos*, dedicada a Maruja Romero, en la revista *Claridad*.
A finales de año sufre una conjuntivitis que le impide trabajar en *El Mundo* y en la novela *Los lanzallamas*, que había sido anunciada como continuación de *Los siete locos*.

1930 - Gran producción de cuentos que aparecen en sus revistas habituales.
Viaja a Uruguay y Brasil como corresponsal del diario *El Mundo*.

1931 - Reedición de *El juguete rabioso* en *Claridad*, sin la dedicatoria a Ricardo Güiraldes, tachado por la revista de oligarca.
Publica *Los lanzallamas*, continuación de *Los siete locos*, en *Claridad*.

1932 - Estrena la obra de teatro 300 millones. Publica la novela *El amor brujo* en la editorial Victoria. Viaja a Tucumán y a Santiago del Estero.

1933 - Publica *El jorobadito* (cuentos) con dedicatoria a su mujer Carmen Antinucci. Viaja a España y a África.

1936 - Colabora en *Revista de Madrid*. Notas sobre Santiago de Compostela, Madrid y Toledo.
En mayo regresa a Buenos Aires, con la impresión de que en España se vive un clima peligroso. Estrena las obras *Saverio, el Cruel* y *El fabricante de fantasmas*.
Publica *Aguafuertes españolas*.

1937 - Estrena obra de teatro *La isla desierta*.
Muere su hermana Lila, en Cosquín, Córdoba.
Viaja a Santiago del Estero.

1938 - Estrena *África*.

1939 - Conoce a Elizabeth Mary Shine, secretaria
del director de *El Hogar*, León Bouché.
Sigue publicando cuentos en *El Hogar* y en la
revista *Mundo argentino*.

1940 - Inicia los trámites para el divorcio
de Carmen.
Estrena *La fiesta del hierro*. Colabora en la
nueva publicación, *Argentina libre*.
Muere Carmen Antinucci de tuberculosis.

1941 - Se casa el 25 de mayo con Mary Shine,
en Uruguay. Viaja a Chile con Mary.
Publica en Chile los cuentos *El criador
de gorilas*.
Vive en Larrea y Córdoba.
Instala con Pascual Nacaratti un laboratorio
en Lanús para gomificar medias de mujer.

1942 - Viaja a Córdoba para ver a su madre
y a su hija.
De regreso a Buenos Aires, muere el 26 de
julio de un infarto a los 42 años.
En octubre nace su hijo Roberto Patricio Arlt.

LA VOLUNTAD
TARADA

Me llamo Roberto Godofredo Christophersen Arlt, y he nacido en la noche del 26 de abril de 1900, bajo la conjunción de los planetas Mercurio y Saturno. Esto de haber nacido bajo dicha conjunción es una tremenda suerte, según me dice mi astrólogo, porque ganaré mucho dinero. Mas yo creo que mi astrólogo es un solemne badulaque, dado que hasta la fecha no tan sólo no he ganado nada, sino que me he perdido la bonita suma de diez mil pesos.

Además, por la influencia de Saturno —aquí habla mi astrólogo— tengo que ser melancólico y huraño, y no sé cómo hacer para estar de acuerdo con dicho señor y mi planeta, ya que colaboro en una revista que es humorística y no melancólica.

He sido un *enfant terrible*.

A los nueve años me habían expulsado de tres escuelas, y ya tenía en mi haber estupendas aventuras que no ocultaré. Estas cuatro aventuras pintan mi personalidad política, criminal, donjuanesca y poética de los nueve años, de los preciosos nueve años que no volverán.

Yo soy el primer escritor argentino que a los ocho años de edad ha vendido los cuentos que escribió.

En aquella época visitaba la librería de los hermanos Pellerano. Allí conocí, entre otros, a don Joaquín Costa, distinguido vecino de Flores. El señor Costa, que conocía mis aficiones estrambóticas, me dijo cierto día:

—Si traes un cuento te lo pago.

Al siguiente domingo fui a verlo a don Joaquín, ¡y con un cuento!

Recuerdo que, en una parte de dicho esperpento, un protagonista, el alcalde de Berlín, le decía a un ladrón que, escondido debajo de un ropero, no podía moverse:

—¡Infame, levanta los brazos al aire o te fusilo!

A don Joaquín lo impresionó de tal forma

mi cuento que, emocionado, me lo arrebató de las manos, y prometiéndome leerlo después me regaló cinco pesos.

Y ese fue el primer dinero que gané con la literatura.

Creo que la vida es hermosa.

Solo hay que afrontarla con sinceridad, desentendiéndose en absoluto de todo lo que no nos hace mejores, pero no por amor a la virtud, sino por egoísmo, por orgullo y porque los mejores son los que mejores cosas dan.

Mis ideas políticas son sencillas. Creo que los hombres necesitan tiranos. Lo lamentable es que no existan tiranos geniales. Quizá se deba a que para ser tirano hay que ser político y para ser político, un solemne burro o un estupendo cínico.

En literatura leo solo a Flaubert y a Dostoyevski, y socialmente me interesa más el trato de los canallas y los charlatanes que el de las personas decentes.

Orgullosamente afirmo que escribir, para mí, constituye un lujo. No dispongo, como otros escritores, de rentas, tiempo o sedantes empleos nacionales. Ganarse la vida escribiendo es penoso y rudo. Máxime si cuando se trabaja se piensa que existe gente a quien la preocupación de buscarse distracciones les produce surmenage.

Pasando a otra cosa: se dice de mí que escribo mal. Es posible. De cualquier manera, no tendría dificultad en citar a numerosa gente que escribe bien y a quienes únicamente leen correctos miembros de sus familias.

Para hacer estilo son necesarias comodidades, rentas, vida holgada. Pero, por lo general, la gente que disfruta de tales beneficios se evita siempre la molestia de la literatura. O la encara como un excelente procedimiento para singularizarse en los salones de sociedad.

Me atrae ardientemente la belleza. ¡Cuántas veces he deseado trabajar una novela que, como las de Flaubert, se compusiera de panorámicos lienzos! Mas hoy, entre los ruidos de un edificio social que se desmorona inevitablemente, no es posible pensar en bordados. El estilo requiere tiempo, y si yo escuchara los consejos de mis camaradas, me ocurriría lo que les sucede a algunos de ellos: escribiría un libro cada diez años, para tomarme después unas vacaciones de diez años por haber tardado diez años en escribir cien razonables páginas discretas.

Variando, otras personas se escandalizan de la brutalidad con que expreso ciertas situaciones perfectamente naturales a las relaciones entre ambos sexos. Después, estas mismas columnas de la sociedad me han hablado de James Joyce, poniendo los ojos en blanco. Ello provenía del deleite espiritual que les ocasionaba cierto personaje de *Ulises*: un señor que se desayuna más o menos aromáticamente aspirando con la nariz, en un inodoro, el hedor de los excrementos que ha defecado un minuto antes. Pero James Joyce es inglés. James Joyce no ha sido traducido al castellano, y es de buen gusto llenarse la boca hablando de él. El día que James Joyce esté al alcance de todos los bolsillos, las columnas de la sociedad se inventarán un nuevo ídolo a quien no leerán sino media docena de iniciados.

En realidad, uno no sabe qué pensar de la gente. Si son idiotas en serio, o si se toman a pecho la burda comedia que representan en todas las horas de sus días y sus noches.

De cualquier manera, como primera providencia he resuelto no enviar ninguna obra mía a la sección de crítica literaria de los periódicos. ¿Con qué objeto? Para que un señor enfático entre el estorbo de dos llamadas telefónicas escriba para satisfacción de las personas honorables:

«El señor Roberto Arlt persiste aferrado a un realismo de pésimo gusto, etc., etc.».

No, no y no.

Han pasado esos tiempos. El futuro es nuestro, por prepotencia de trabajo. Crearemos nuestra literatura, no conversando continuamente de literatura, sino escribiendo en orgullosa soledad libros que encierran la violencia de un cross a la mandíbula. Sí, un libro tras otro, y «que los eunucos bufen».

El porvenir es triunfalmente nuestro. Nos lo hemos ganado con sudor de tinta y rechinar de dientes, frente a la Underwood, que golpeamos con manos fatigadas, hora tras hora, hora tras hora. A veces se le caía a uno la cabeza de fatiga, pero... mientras escribo estas líneas, pienso en mi próxima novela. Se titulará *El amor brujo* y aparecerá en agosto del año 1932.

Y que el futuro diga.

¿PARA QUÉ SIRVE EL PROGRESO?

Me tienen ya seco con la cuestión del progreso. Cuánto papanata encuentro por ahí, en cuanto comienzo a rezongar de que la vida es imposible en esta ciudad me contesta:

—Es que usted no se da cuenta de que progresamos.

Y acto seguido me endilga un discurso sobre el Progreso y la Civilización, que hubiera estado muy bien en tiempos de Juan Jacobo Rousseau, pero hoy no convence a nadie. Y si no, ustedes verán.

Calidad de progreso

La gente se deja embaucar con una serie de términos que en realidad no tienen valor alguno.

Estos términos hacen carrera, se convierten en monedas de uso popular y cualquier otario, ante un caso serio, se considera con derecho a aplicarlos a situaciones que no se resuelven con el uso de un vocablo.

Y es que llega un momento en que las palabras asumen el carácter de moda; no interpretan un sentir sino un estado colectivo, quiero decir, un estado de estupidez colectiva.

Veamos esta palabrita Progreso.

De veinte años a esta parte hemos progresado bestialmente. En todos los órdenes. Antes, para vivir, una familia no necesitaba de alto jornal. Una casita de tres o cuatro piezas se alquilaba en cuarenta pesos; una pieza en doce y quince pesos; pero la mayoría de los habitantes de esta bendita ciudad vivían en casas holgadas, con fondo, jardín y parra.

El progreso ha hecho que por esa misma pieza, que pagábamos quince pesos, paguemos hoy cuarenta o cincuenta pesos; que la casa sea sustituida por el departamento, y que el departamento sea un rincón oscuro, con una superficie inferior a la de un pañuelo y donde para decir una mala palabra sea necesario encender la luz eléctrica, porque si no, la palabra no se ve. Hemos progresado.

Antes, una mediana familia tenía quinta con árboles, donde los chicos pudieran embarrarse a gusto, criarse sanos a más no poder. Hoy para los nuevos chicos tenemos un patiecito húmedo y oscuro, donde las ventoleras tienen tantas direcciones que lo menos que se pesca una criatura en un descuido es una «bronca» neumonía. Hemos progresado.

Artículos de consumo

El pan era sabroso y el vino puro. Llegaba fin de año y el último bolichero le mandaba un canastón cargado de aguinaldos. El panadero ídem. Cierto es que no teníamos ómnibus que despachurraban criaturas por las calles, ni subterráneos, ni automóviles brillantes como espejos. El tren de vapor era un medio de traslación formidable, y el coche un lujo. Los días eran tranquilos. Flores era un barrio de quintas, Palermo ídem, Belgrado igual, Caballito también, Vélez Sársfield idénticamente. Quintas, cercos, bardales, madreselvas, glicinas, el aire de los crepúsculos estaba tan embalsamado de flores de verano, que la ciudad parecía un pequeño injerto en la perfección de los campos subdivididos. No había prisa en el vivir. El fonógrafo era un mecanismo insuperable; la radio no se concebía, el teléfono era propiedad de pocos felices, y más que medio de progreso, un lujo. Usted ciego y sordo podía cruzar tranquilamente las calles, pero la tela de un traje era irrompible, los botines se hacían de cuero y no de cartón, el aceite de oliva no era de lino sino de olivas y el único que se gastaba, los carniceros no sabían dónde tirar el bofe y el hígado; la neurastenia era un mal desconocido, la tuberculosis, ¡hablar de la tuberculosis en aquellos tiempos daba más temor que hoy nombrar la lepra a la que nos hemos acostumbrado!, y ciertas enfermedades, que no se pueden nombrar, deshonraban a una familia como el hecho de tener un hijo ladrón o asesino.

Hemos progresado

Hoy no. Hemos progresado. No hay zanahoria que no esté dispuesto a demostrárselo. Hemos progresado.

Es maravilloso. Nos levantamos a la mañana, nos metemos en un coche que corre en un subterráneo; salimos después de viajar entre luz eléctrica; respiramos dos minutos el aire de la calle en la superficie; nos metemos en un subsuelo o en una oficina a trabajar con luz artificial. A mediodía salimos, prensados, entre luces eléctricas, comemos con menos tiempo que un soldado en época de maniobras, nos enfundamos nuevamente en un subterráneo, entramos a la oficina a trabajar con la luz artificial, salimos y es de noche, viajamos entre luz eléctrica, entramos a un departamento, o a la pieza de un departamentito a respirar aire cúbicamente calculado por un arquitecto, respiramos a medida, dormimos con metro, nos despertamos automáticamente; cada tres meses compramos un par de botines de cartón cuero; cada seis meses renovamos un traje; cada año nos deterioramos más el estómago, los nervios, el cerebro, y a esto, ¡a esto los cien mil zanahorias le llaman progreso! ¡Digan ustedes si no es cosa de poner una guillotina en cada esquina!

¿Para qué?

Puede usted decirme, querido señor, ¿para qué sirve este maldito progreso? Sea sincero. ¿Para qué sirve este progreso a usted, a su mujer y a sus hijos? ¿Para qué le sirve a la sociedad? ¿El teléfono lo hace más feliz, un aeroplano de quinientos caballos más moral, una locomotora eléctrica más perfecto, un subterráneo más humano? Si los objetos nombrados no le dan a usted salud, perfección interior, todo ese progreso no vale un pito, ¿me entiende? Los antiguos creían que la ciencia podía hacer feliz al hombre. ¡Qué curioso! Nosotros tenemos, con la ciencia en nuestras manos, que admitir lo siguiente: lo que hace feliz al hombre es la ignorancia. El resto, es música celestial…

YO NO TENGO LA CULPA

Yo siempre que me ocupo de cartas de lectores, suelo admitir que se me hacen algunos elogios. Pues bien, hoy he recibido una carta en la que no se me elogia. Su autora, que debe ser una respetable anciana, me dice:

«Usted era muy pibe cuando yo conocía a sus padres, y ya sé quién es usted a través de su Arlt».

Es decir, que supone que yo no soy Roberto Arlt. Cosa que me está alarmando, o haciendo pensar en la necesidad de buscar un pseudónimo, pues ya el otro día recibí una carta de un lector de Martínez, que me preguntaba:

«Dígame, ¿usted no es el señor Roberto Giusti, el concejal del Partido Socialista Independiente?».

Ahora bien, con el debido respeto por el concejal independiente, manifiesto que no; que yo no soy ni puedo ser Roberto Giusti, a lo más soy su tocayo, y más aún: si yo fuera concejal de un partido, de ningún modo escribiría notas, sino que me dedicaría a dormir truculentas siestas y a «acomodarme» con todos los que tuvieran necesidad de un voto para hacer aprobar una ordenanza que les diera millones.

Y otras personas también ya me han preguntado:

«¿Dígame, ese Arlt no es pseudónimo?».

Y ustedes comprenden que no es cosa agradable andar demostrándole a la gente que una vocal y tres consonantes pueden ser un apellido.

Yo no tengo la culpa que un señor ancestral, nacido vaya a saber en qué remota aldea de Germanía o Prusia, se llamara Arlt. No, yo no tengo la culpa.

Tampoco puedo argüir que soy pariente de William Hart, como me preguntaba una lectora que le daba por la fotogenia y sus astros; mas tampoco me agrada que le pongan sambenitos a mi apellido, y le anden buscando tres pies. ¿No es, acaso, un apellido elegante, sustancioso, digno de un conde o de un barón? ¿No es un apellido digno de figurar en chapita de bronce en una locomotora o en una de esas máquinas raras, que ostentan el agregado de «Máquina polifacética de Arlt»?

Bien: me agradaría a mí llamarme Ramón González o Justo Pérez. Nadie dudaría, entonces, de mi origen humano. Y no me preguntarían si soy Roberto Giusti, o ninguna lectora me escribiría, con mefistofélica sonrisa de máquina de escribir: «Ya sé quién es usted a través de su Arlt». Ya en la escuela, donde para dicha mía me expulsaban a cada momento, mi apellido comenzaba por darle dolor de cabeza a las directoras y maestras. Cuando mi madre me llevaba a inscribir a un grado, la directora, torciendo la nariz, levantaba la cabeza, y decía:

—¿Cómo se escribe «eso»?

Mi madre, sin indignarse, volvía a dictar mi apellido. Entonces la directora, humanizándose, pues se encontraba ante un enigma, exclamaba:

—¡Qué apellido más raro! ¿De qué país es?

—Alemán

—¡Ah! Muy bien, muy bien. Yo soy gran admiradora del káiser —agregaba la señorita.

(¿Por qué todas las directoras serán «señoritas»?). En el grado comenzaba nuevamente el vía crucis.

El maestro, examinándome, de mal talante, al llegar en la lista a mi nombre, decía:

—Oiga usted, ¿cómo se pronuncia «eso»? («Eso» era mi apellido). Entonces, satisfecho de ponerlo en un apuro al pedagogo, le dictaba:

—Arlt, cargando la voz en la ele.

Y mi apellido, una vez aprendido, tuvo la virtud de quedarse en la memoria de todos los que lo pronunciaron, porque no ocurría barbaridad en el grado que inmediatamente no dijera el maestro:

—Debe ser Arlt.

Como ven ustedes, le había gustado el apellido y su musicalidad.

Y a consecuencia de la musicalidad y poesía de mi apellido, me echaban de los grados con una frecuencia alarmante. Y si mi madre iba a reclamar, antes de hablar, el director le decía:

—Usted es la madre de Arlt. No; no señora. Su chico es insoportable.

Y yo no era insoportable. Lo juro. El insoportable era el apellido. Y a consecuencia de él, mi progenitor me zurró numerosas veces la badana.

Está escrito en la Cábala: «Tanto es arriba como abajo». Y yo creo que los cabalistas tuvieron razón. Tanto es antes como ahora. Y los líos que suscitaba mi apellido, cuando yo era un párvulo angelical, se producen ahora que tengo barbas y «veintiocho septiembres», como dice la que sabe quién soy yo «a través de su Arlt».

Y a mí, me revienta esto.

Me revienta porque tengo el mal gusto de estar encantadísimo con ser Roberto Arlt. Cierto es que preferiría llamarme Pierpont Morgan o Henry Ford o Edison o cualquier otro «eso», de esos; pero en la material imposibilidad de transformarme a mi gusto, opto por acostumbrarme a mi apellido y cavilar, a veces, quién fue el primer Arlt de una aldea de Germanía o de Prusia, y me digo: ¡Qué barbaridad habrá hecho ese antepasado ancestral para que lo llamaran Arlt! O, ¿quién fue el ciudadano, burgomaestre, alcalde o portaestandarte de una corporación burguesa, que se le ocurrió designarlo con estas inexpresivas cuatro letras a un señor que debía gastar barbas hasta la cintura y un rostro surcado de arrugas gruesas como culebras?

Mas en la imposibilidad de aclarar estos misterios, he acabado por resignarme y aceptar que yo soy Arlt, de aquí hasta que me muera; cosa desagradable, pero irremediable. Y siendo Arlt no puedo ser Roberto Giusti, como me preguntaba un lector de Martínez, ni tampoco un anciano, como supone la simpática lectora que a los veinte años conoció a mis padres, cuando yo «era muy pibe». Esto me tienta a decirle: «Dios le dé cien años más, señora; pero yo no soy el que usted supone».

En cuanto a llamarme así, insisto: Yo no tengo la culpa.

LA INUTILIDAD DE LOS LIBROS

Me escribe un lector:

«Me interesaría muchísimo que escribiera algunas notas sobre los libros que deberían leer los jóvenes, para que aprendan y se formen un concepto claro, amplio, de la existencia (no exceptuando, claro está, la experiencia propia de la vida)».

No le pide nada el cuerpo...

No le pide nada a usted el cuerpo, querido lector. Pero ¿en dónde vive? ¿Cree usted acaso, por un minuto, que los libros le enseñarán a formarse «un concepto claro y amplio de la existencia»? Está equivocado, amigo; equivocado hasta decir basta. Lo que hacen los libros es desgraciarlo al hombre, créalo. No conozco un solo hombre feliz que lea. Y tengo amigos de todas las edades. Todos los individuos de existencia más o menos complicada que he conocido habían leído. Leído, desgraciadamente, mucho.

Si hubiera un libro que enseñara, fíjese bien, si hubiera un libro que enseñara a formarse un concepto claro y amplio de la existencia, ese libro estaría en todas las manos, en todas las escuelas, en todas las universidades; no habría hogar que, en estante de honor, no tuviera ese libro que usted pide. ¿Se da cuenta?

No se ha dado usted cuenta todavía de que si la gente lee, es porque espera encontrar la verdad en los libros. Y lo más que puede encontrarse en un libro es la verdad del autor, no la verdad de todos los hombres. Y esa verdad es relativa… esa verdad es tan chiquita… que es necesario leer muchos libros para aprender a despreciarlos.

Calcule usted que en Alemania se publican anualmente más o menos 10.000 libros, que abarcan todos los géneros de la especulación literaria; en París ocurre lo mismo; en Londres, ídem; en Nueva York, igual.

Piense esto: Si cada libro contuviera una verdad, una sola verdad nueva en la superficie de la tierra, el grado de civilización moral que habrían alcanzado los hombres sería incalculable. ¿No es así? Ahora bien, piense usted que los hombres de esas naciones cultas, Alemania, Inglaterra, Francia, están actualmente discutiendo la reducción de armamentos (no confundir con supresión). Ahora bien, sea un momento sensato usted. ¿Para qué sirve esa cultura de diez mil libros por nación, volcada anualmente sobre la cabeza de los habitantes de esas tierras? ¿Para qué sirve esa cultura, si en el año 1930, después de una guerra catastrófica como la de 1914, se discute un problema que debía causar espanto?

¿Para qué han servido los libros, puede decirme usted? Yo, con toda sinceridad, le declaro que ignoro para qué sirven los libros. Que ignoro para qué sirve la obra de un señor Ricardo Rojas, de un señor Leopoldo Lugones, de un señor Capdevilla, para circunscribirme a este país.

El escritor como operario

Si usted conociera los entretelones de la literatura, se daría cuenta de que el escritor es un señor que tiene el oficio de escribir, como otro de fabricar casas. Nada más. Lo que lo diferencia del fabricante de casas, es que los libros no son tan útiles como las casas, y después… después que el fabricante de casas no es tan vanidoso como el escritor.

En nuestros tiempos, el escritor se cree el centro del mundo. Macanea a gusto. Engaña a la opinión pública, consciente o inconscientemente. No revisa sus opiniones. Cree que lo que escribió es verdad por el hecho de haberlo escrito él. Él es el centro del mundo. La gente que hasta experimenta dificultades para escribirle a la familia, cree que la mentalidad del escritor es superior a la de sus semejantes y está equivocada respecto a los libros y respecto a los autores. Todos nosotros, los que escribimos y firmamos, lo hacemos para ganarnos el puchero. Nada más. Y para ganarnos el puchero no vacilamos a veces en afirmar que lo blanco es negro y viceversa. Y, además, hasta a veces nos permitimos el cinismo de reírnos y de creernos genios…

Desorientadores

La mayoría de los que escribimos, lo que hacemos es desorientar a la opinión pública. La gente busca la verdad y nosotros les damos verdades equivocadas. Lo blanco por lo negro. Es doloroso confesarlo, pero es así. Hay que escribir. En Europa los autores tienen su público; a ese público le dan un libro por un año. ¿Usted puede creer, de buena fe, que en un año se escribe un libro que contenga verdades? No, señor. No es posible. Para escribir un libro por año hay que macanear. Dorar la píldora. Llenar páginas de frases.

Es el oficio, *el métier*. La gente recibe la mercadería y cree que es materia prima, cuando apenas se trata de una falsificación burda de otras falsificaciones, que también se inspiraron en falsificaciones.

Concepto claro

Si usted quiere formarse «un concepto claro» de la existencia, viva.

Piense. Obre. Sea sincero. No se engañe a sí mismo. Analice. Estúdiese. El día que se conozca a usted mismo perfectamente, acuérdese de lo que le digo: en ningún libro va a encontrar nada que lo sorprenda. Todo será viejo para usted. Usted leerá por curiosidad libros y libros y siempre llegará a esa fatal palabra terminal: «Pero sí esto lo había pensado yo, ya». Y ningún libro podrá enseñarle nada. Salvo los que se han escrito sobre esta última guerra. Esos documentos trágicos vale la pena conocerlos. El resto es papel…

CÓMO SE OFENDE A LA MUJER

He visitado muchas ciudades extranjeras. Las he visitado con la curiosidad del hombre que busca fórmulas de mejor vivir. Y en las ciudades extranjeras he encontrado realidades que me han agradado y también he vivido experiencias que no me entusiasmaron. Pero en ninguna parte del mundo he descubierto que se le faltara el respeto a la mujer con la grosería que acostumbran hacerlo aquí los que a sí mismos se tildan de hombres cultos o, por lo menos, educados.

Sí. Puede afirmarse en alta voz: en ninguna parte del mundo, ni aun entre los negros, se injuria de palabra e intención a la mujer como en nuestra ciudad. Con la indiferencia de las autoridades. Causa vergüenza.

He vivido en Río de Janeiro. A las 2 de la madrugada he tropezado en las calles de Río de Janeiro con mujeres solas, que caminaban tranquilamente en la oscuridad como si lo hicieran a la luz del sol. ¡Del sol brasileño! Porque bajo el sol argentino a estas mismas mujeres nuestros hombres les hubieran dicho obscenidades que harían ruborizar a un carretero.

He vivido en Madrid. En los barrios bajos de Madrid, a altas horas de la noche, he encontrado turistas, mujeres argentinas, algunas solas, otras acompañadas. Entraban o salían de las tabernas adonde las había llevado su curiosidad, y ningún hombre les faltaba al respeto.

En la noche de la huelga general en Madrid, recorrí los barrios oscuros y convulsionados en compañía de una madrileña. Había grupos de huelguistas por todas partes, que por vernos vestidos de «señoritos» debieron decirnos algo. Nadie nos faltó al respeto.

He vagabundeado por el barrio chino de Barcelona. En compañía de amigas argentinas.

El barrio chino de Barcelona, donde se daba cita la auténtica hez de España. Y he deambulado por allí con más seguridad que en una calle céntrica de Buenos Aires durante el día.

En Marruecos, en Sevilla… en Montevideo.

En todas las ciudades que no llevan el nombre de Buenos Aires he encontrado respeto para la mujer. Respeto para la niña. Menos aquí.

Causa asombro y repugnancia. ¿De qué calidad de hombres estamos rodeados? Porque estos hombres que tan gravemente faltan al respeto a la mujer y ultrajan su pudor no son extranjeros. No. Los extranjeros no tienen esas costumbres. Son argentinos. Hombres que se dicen cultos y que al menos tienen las apariencias de tales.

He recorrido tranvías, teatros, cines, ferrocarriles, cafés, calles, frentes de tiendas. Donde se camina por esta ciudad se descubre que el hombre vive en permanente atentado a la dignidad de la mujer. Ya es la frase obscena susurrada al oído, ya, como en las céntricas calles de Esmeralda, Corrientes y Suipacha, son las patotas de pitucos o de sujetos que quieren tener las apariencias de pitucos, lanzando, en grupos, torrentes de guaranguerías al paso de las muchachas solas. ¡Y a la vista y paciencia del vigilante que en la esquina los deja hacer indiferente! ¿Qué diré de los frentes de las tiendas, de la calle Florida, de Sarmiento y Cerrito, donde se ve, los he visto yo con mis propios ojos, hombres jóvenes o maduros, con rostro que simula perfecta indiferencia, lanzar pellizcos a las mujeres que pasan?

Digo que en África, en el zoco de los vagabundos, no ocurren desvergüenzas semejantes.

El atentado al pudor es, por culpable, negligencia de la policía, una costumbre que ha tomado carta de ciudadanía. Guaranguería porteña.

Lo comprobamos en los cinemas, donde una mujer, antes de sentarse junto a un hombre, le examina atentamente el rostro, porque, en el 50% de las veces, ese «caballero» es una bestia al acecho en la oscuridad; lo comprobamos en los tranvías, donde vemos que a favor de la congestión, o en los asientos, los individuos se arriman a las mujeres hasta ponerlas en apreturas molestas; lo descubrimos en los cafés y restaurantes, donde una mujer, aunque vaya acompañada de un hombre, tiene que soportar los guiños o las miradas tercas de un insolente que, algunas mesas más allá, está frente a ella.

Vuelvo a preguntarme:

¿Qué calidad de hombres es la de esta ciudad?

Porque no me queda duda de que muchos de estos sujetos de costumbres repugnantes tienen hermanas, novias, esposas o hijas. No me queda duda de que muchos de ellos, al leer este artículo o al escuchar los comentarios que harán sus hermanas, sus mujeres, sus hijas o sus novias, dirán que tengo razón, con el rostro requemado de vergüenza subterránea, porque nunca es agradable sentirse señalado. Pero el problema de la injuria a la mujer en esta ciudad no puede remediarse con un simple comentario periodístico.

El problema es mucho más grave. El problema de la injuria a las jóvenes mujeres de este país requiere una campaña de enérgico saneamiento. Requiere una intervención de la policía, no en la forma pasiva como lo ha hecho hasta ahora, sino en forma activa.

El ultraje a la mujer, al pudor de la mujer, es una forma de depravación que se ha generalizado. Las autoridades han empapelado los muros de la ciudad con afiches que rezan: «Necesitamos una raza sana».

Bien, digo yo. De acuerdo. Necesitamos cuerpos sanos. ¿Y dónde dejan los autores de esta campaña de salud pública el alma y la mente de la raza que quieren salvar?

EL QUE DESPRECIA SU TIERRA

Le voy a dar un consejo: vaya donde vaya y encuentre un compatriota que habla mal de su tierra, desconfíe de él como de la peste. Piense que se encuentra frente a un adulador de la peor especie. Escribo esto porque me ha ocurrido de encontrarme con un argentino que está conchabado en un diario de Río. Y a las primeras de cambio, me ha dicho:

—Este sí que es un gran país. Se estima y honra a las personas de bien.

—Entonces usted debe encontrarse incomodísimo aquí…

—En serio. Desprecio mi país. ¿Qué ha hecho la República Argentina por mí? Nada. No se estima a los talentos. Se los manosea y desprecia. En cambio, en Brasil me admiran y respetan, soy amigo de Coelho Netto (una especie de Martínez Zuviría argentino), me carteo con Dantas, Monteiro Lobato me agasaja.

—Si Monteiro Lobato se encuentra en los Estados Unidos…

—Me agasaja por carta…

—Ese es otro cantar. Mas piense que si la gente lo trata como usted dice es porque usted no hace nada más que adularla descaradamente y después porque no lo conoce…

—En cambio en mi país me despreciaban. Ni para ordenanza me querían en ningún periódico. La Argentina, ¡puf! País de mercaderes.

Y de un manotón ha barrido la Argentina del mapa de Sudamérica. Sin inmutarme le he contestado:

—Es curioso. Usted en nuestra ciudad adulaba a cuanta medianía había para que le regalara un traje o un par de botines. Incluso hablaba pestes del Brasil. Aquí procede al revés. A mí no me parece mal que admire al país donde puede comer todos los días; lo que me parece mal es que esté constantemente desprestigiando nuestra patria. Piense que si no lo querían ni para ordenanza en un periódico era porque los directores albergaban la vehemente sospecha de que usted podía escaparse con los bastones y sobretodos que los visitantes dejaban en los percheros. Una cuestión de ética profesional. No es posible andar explicando a cada señor que va a una Redacción: «Señor, traiga su sombrero porque no está con seguridad en el hall».

Por tres razones sale un hombre de su país. La primera, porque la policía o los jueces tienen interés en conversar amigablemente con él y someter a su entendimiento problemas de orden jurídico: un hombre modesto y enemigo de la popularidad pianta. La segunda razón: porque el que viaja tiene dinero y se aburre en su país y piensa que se va a aburrir menos en otra parte, en lo cual se equivoca. Y la tercera: porque siendo un perfecto inútil, cree que en otra parte su inutilidad se convertirá en capacidad de trabajo.

Cada uno de estos viajeros ve el país que visita con distinto criterio.

Este sí que es un lindo país para el asalto, el descuido, la furca y el escolazo. Sin embargo, extraño la Argentina. La extraño. ¿Dónde va a encontrar usted un cuadro quinto como el nuestro? ¿En dónde, muchachos de ley como los nuestros, que tanto sirven para «saltar un burro» como para una delicadísima acción de peca?

¿Y los tiras? Tráigame el país que tenga mejores tiras que los nuestros, muchachos de corazón, de respeto, que sólo lo encanan a uno cuando no tienen diez pesos para parar el puchero y que por cien pesos lo dejan que se alce, aunque sea con la misma Caja de Conversión.

¡Ah!, Buenos Aires, ¡patria querida! Tu cuadro quinto honra y pres de Sudamérica. Mi corazón no te olvida porque allí transcurrieron los más tiernos días de mi adolescencia y mocedad, y aprendí a hacerme hombre de ley entre tus rejas roñosas.

El viajero aburrido de su patria

Yo no niego que Río de Janeiro sea más pintoresco que Buenos Aires. No niego que la salida es espléndida. Pero me aburro lo mismo. Las montañas y los morros están siempre en el mismo lugar y eso no tiene gracia. Además, también en mi tierra hay montañas y estarán allí hasta que el Gobierno no las venda por un plato de lentejas al mejor postor. Me aburro, sí, señores; con toda mi plata me aburro espantosamente. He ido al cabaret y antes de entrar me han advertido que a las «damas» que allí bailan es de rigor tratarlas de «señoritas». ¡Hagan el favor…! Yo no he venido a este país para tratar de señoritas a mujeres a quienes en mi ciudad se las llama «che milonguita». Esto, sin excluir que todas, invariablemente, cuentan una historia sentimental de viudez peregrina, de un esposo amado que murió hace muchos años dejándolas en el estuario, y que no hay una que no diga que se muere por conocer un hombre inteligente, y de que ellas son también inteligentes, al punto que una para demostrarme que lo era extrajo de su cartera unos apuntes de puericultura y el gráfico de temperatura de un infante tratado con arsenobenzol.

¡Por Dios! Yo no he venido a los cabarets a estudiar obstetricia ni afecciones a la sangre.

El inútil

Te aborrezco y te desprecio, Buenos Aires. Te desprecio y aborrezco. Has dejado que un genio como yo, por parte de padre y madre y nodriza, venga ignominiosamente al Brasil a ganarse el *feyón*. Has dejado con indiferencia contumaz que me ausente y venga a deslumbrar a unos negros con mis adulaciones y a convertirme en un vulgar chupamedias de cualquier blanco que tiene crostones en sus faltriqueras. ¡Oh, iniquidad!, ¡oh, parvedad! No te avergüenzas de ello, República Argentina. No pones tus banderas a media asta. Ello pone al descubierto el pedernal de tu corazón. Allá mi almuerzo cotidiano consistía en recorrer las vidrieras de los restaurantes y leerme las listas y establecer estadísticas de precios y archivos de platos, aquí engordo mi humanidad con bananas, porotos y arroz, aquí ceno todos los días que manda Dios. Aquí lloro de admiración frente al Pan de Azúcar; me persigno al mirar el Corcovado y tartamudeo al referirme a la bahía, y me va muy bien, sí señor. Hasta pienso echar un discurso en la academia de literatos… yo que allí ni en la mesa del café podía disertar. Te aborrezco, Buenos Aires, mi odio se hace cada día que pasa, más venenoso y enconado a medida que mi piel se pone lustrosa y engordo chupando calcetines.

Así se expresan estos tres tipos de viajeros.

CARTA AL ESCRITOR BRASILEÑO
RICARDO GÜIRALDES

Estimado amigo Ricardo.

Recibí su libro y no se imagina con qué alegría, pues había visto Don Segundo en las vidrieras y creía que Ud. se había ya olvidado de Arlt.

De su libro pueden decirse ya tantas cosas hermosas, que lo más fácil y espontáneo es agradecerle a Ud. que haya tenido la bondad y el talento de darnos tanta belleza cristalina, sencilla y noble. Un libro como el suyo es un don, aquel que lo lea se sentirá inclinado a amarle y a retribuirle a Ud. de una forma u otra, con palabras o con hechos, el placer cristalino, diáfano y sencillo.

¡Cuánto hablamos de su libro! Y ahora qué difícil es hacerlo, pues las palabras no tienen medidas discretas para enaltecer la virtud de lo realizado. Suerte que Ud. mejor que nadie sabe todo lo que ha hecho... nosotros ya no podemos elogiarle, su libro es un favor y una virtud. Es todo hermoso. No tiene altos ni bajos, mas si de la llanura una uniformidad serena, con olor de yuyos y en el cielo que lo cubre una claridad tan tersa que todo se vuelve transparente allí.

Pero todas estas son palabras para la gran luz de amor que hay en su libro. Yo me miro y me causo a mí mismo el ridículo efecto de un tío que se acercara a un héroe para enseñarle la psicología del coraje. Y después hablaremos mucho más de Ud. o Ud. hablará de su libro, y eso será lo agradable.

De todas formas Ud. bien se merecía esta alegría.

Respecto a mí, pocas noticias tengo que darle. En este internado he aprendido el oficio de periodista y el de apuntador de descarga en el puerto. Con los dos oficios juntos puedo aspirar a morirme de cualquier cosa. Por otra parte, y para mayor gloria de Dios, las cosas me van peor que nunca.

1° Mi hermana tiene que volver al sanatorio de tuberculosos.

2° La casa donde trabajaba mi padre ha quebrado.

3° Posiblemente en estos días vengan a vivir a mi casa.

4° Mi señora también está tuberculosa, si las cosas no mejoran tiene el proyecto de ponerse a trabajar de sirvienta o mucama. Ella sabe como se hace eso porque en su casa tenían cocinera, sirvienta y mucama.

5° Y yo... yo no sé hasta donde me voy a hundir.

A momentos tengo la sensación de que estoy descendiendo por un pozo. El disco de luz del brocal se hace cada vez más pequeño y las tinieblas más espesas. Y yo bajo y bajo... y estoy tranquilo... veo a mi mujer cada día más triste y más sufrida y estoy tranquilo.

Eso sí de vez en cuando se me sube a la boca una putiada, pero como eso es de mal gusto... bajo, bajo y estoy tranquilo. Un buen día se me morirá mi mujer y yo estaré tranquilo... y sabré sin embargo que he sido yo el que la mató a privaciones.

¡Ah! Santo Dios... quisiera putiar no sé a quién tanta basura que tengo atravesada en la garganta. Pero la vida es así... hay que sufrir... sufrir hasta que el corazón a uno le estalle como una bomba.

Le he escrito un telegrama de 130 palabras al doctor Sagarna. Veremos si ese me contesta. Me han dado una recomendación para el coronel Mosconi, director de los yacimientos petrolíferos de Santa Cruz. Yo me voy a cualquier parte. Estoy harto... tan harto que hasta siento en mi cuerpo la hinchazón del alma. Nunca me sentí tan desdichado como ahora, tan pobre hombre. Solo me sostiene el interés de saber hasta dónde voy a bajar. Y estoy tranquilo. Preveo todo lo que me va a suceder con una lucidez increíble. Mi hermana al sanatorio de Santa María, mi mujer sirvienta o al sanatorio, pero eso después que se haya despulmonado, ¿y yo? Querido Ricardo, yo no le visitaré a usted. Si usted quisiera verme, vaya a mi casa, no podría irlo a ver a su casa. Cuando uno es tan infeliz adquiere el derecho de no visitar a nadie.

Saludos a su esposa.
Un abrazo,

Roberto.

LO QUE PUDRIÓ LA CIVILIZACIÓN

EL JOROBADITO

Los diversos y exagerados rumores desparramados con motivo de la conducta que observé en compañía de Rigoletto, el jorobadito, en la casa de la señora X, apartaron en su tiempo a mucha gente de mi lado. Sin embargo, mis singularidades no me acarrearon mayores desventuras, de no perfeccionarlas estrangulando a Rigoletto. Retorcerle el pescuezo al jorobadito ha sido de mi parte un acto más ruinoso e imprudente para mis intereses, que atentar contra la existencia de un benefactor de la humanidad.

Se ha echado sobre mí la policía, los jueces y los periódicos. Y esta es la hora en que aún me pregunto (considerando los rigores de la justicia), si Rigoletto no estaba llamado a ser un capitán de hombres, un genio, o un filántropo. De otra forma no se explican las crueldades de la ley para vengar los fueros de un insigne piojoso, al cual, para pagarle de su insolencia, resultaran insuficientes todos los puntapiés que pudieran suministrarle en el trasero, una brigada de personas bien nacidas.

No se me oculta que sucesos peores ocurren sobre el planeta, pero esta no es una razón para que yo deje de mirar con angustia las leprosas paredes del calabozo donde estoy alojado a espera de un destino peor.

Pero estaba escrito que de un deforme debían provenirme tantas dificultades.

Recuerdo (y esto a vía de información para los aficionados a la teosofía y la metafísica) que desde mi tierna infancia me llamaron la atención los contrahechos. Los odiaba al tiempo que me atraían, como detesto y me llama la profundidad abierta bajo la balconada de un noveno piso, a cuyo barandal me he aproximado más de una vez con el corazón temblando de cautela y delicioso pavor. Y así, como frente al vacío no puedo sustraerme al terror de imaginarme cayendo en el aire con el estómago contraído en la asfixia del desmoronamiento, en presencia de un deforme no puedo escapar al nauseoso pensamiento de imaginarme corcovado, grotesco, espantoso, abandonado de todos, hospedado en una perrera, perseguido por traíllas de chicos feroces que me clavarían agujas en la giba...

Es terrible... sin contar que todos los contrahechos son seres perversos, endemoniados, protervos... De manera que al estrangular a Rigoletto me creo con derecho a afirmar que le hice un inmenso favor a la sociedad, pues he librado a todos los corazones sensibles como el mío de un espectáculo pavoroso y repugnante. Sin añadir que el jorobadito era un hombre cruel. Tan cruel que yo me creía obligado a decirle todos los días:

—Mirá, Rigoletto, no seas perverso. Prefiero cualquier cosa a verte pegándole con un látigo a una inocente cerda. ¿Qué te ha hecho la marrana? Nada. ¿No es cierto que no te ha hecho nada...?

—¿Qué le importa?

—No te ha hecho nada, y vos contumaz, obstinado, cruel, desfogas tus furores en la pobre bestia...

—Como me embrome mucho la voy a rociar de petróleo a la chancha y luego le prendo fuego.

Después de pronunciar estas palabras, el jorobadito descargaba latigazos en el crinudo lomo de la bestia, rechinando los dientes como un demonio de teatro. Y yo le decía:

—Te voy a retorcer el pescuezo, Rigoletto. Escuchá mis paternales advertencias, Rigoletto. Te conviene...

Predicar en el desierto hubiera sido más eficaz. Se regocijaba en contravenir mis órdenes y en poner en todo momento en evidencia su temperamento sardónico y feroz. Inútil era que prometiera zurrarle la badana o hacerle salir la joroba por el pecho de un mal golpe. Él continuaba observando una conducta impura.

Volviendo a mi actual situación diré que si hay algo que me reprocho, es haber recaído en la ingenuidad de confesar semejantes minucias a los periodistas. Creía que las interpretarían, mas heme aquí ahora abocado a mi reputación menoscabada, pues esa gentuza lo que menos ha escrito es que soy un demente, afirmando con toda seriedad que bajo la trabazón de mis actos se descubren las características de un cínico perverso.

Ciertamente, que mi actitud en la casa de la señora X, en compañía del jorobadito, no ha sido la de un miembro inscrito en el almanaque de Gotha. No. Al menos no podría afirmarlo bajo mi palabra de honor. Pero de este extremo al otro, en el que me colocan mis irreductibles enemigos, media una igual distancia de mentira e incomprensión. Mis detractores aseguran que soy un canalla monstruoso, basando esta afirmación en mi jovialidad al comentar ciertos actos en los que he intervenido, como si la jovialidad no fuera precisamente la prueba de cuán excelentes son las condiciones de mi carácter y qué comprensivo y tierno al fin y al cabo.

Por otra parte, si hubiera que tamizar mis actos, ese tamiz a emplearse debería llamarse sufrimiento. Soy un hombre que ha padecido mucho. No negaré que dichos padecimientos han encontrado su origen en mi exceso de sensibilidad, tan agudizada que cuando me encontraba frente a alguien he creído percibir hasta el matiz del color que tenían sus pensamientos, y, lo más grave es que no me he equivocado nunca. Por el alma del hombre he visto pasar el rojo del odio y el verde del amor, como a través de la cresta de una nube los rayos de luna más o menos empalidecidos por el espesor distinto de la masa acuosa. Y personas hubo que me han dicho:

—¿Recuerda cuando usted, hace tres años, me dijo que yo pensaba en tal cosa? No se equivocaba. He caminado así, entre hombres y mujeres, percibiendo los furores que encrespaban sus instintos y los deseos que envaraban sus intenciones, sorprendiendo siempre en las laterales luces de la pupila, en el temblor de los vértices de los labios y en el erizamiento casi invisible de la piel de los párpados, lo que anhelaban, retenían o sufrían. Y jamás estuve más solo que entonces, que cuando ellos y ellas eran transparentes para mí.

De este modo, involuntariamente, fui descubriendo todo el sedimento de bajeza humana que encubren los actos aparentemente más leves, y hombres que eran buenos y perfectos para sus prójimos, fueron, para mí, lo que Cristo llamó sepulcros encalados. Lentamente se agrió mi natural bondad convirtiéndome en un sujeto taciturno e irónico. Pero me voy apartando, precisamente, de aquello a lo cual quiero aproximarme y es la relación del origen de mis desgracias. Mis dificultades nacen de haber conducido a la casa de la señora X al infame corcovado.

En la casa de la señora X yo «hacía el novio» de una de las niñas. Es curioso. Fui atraído, insensiblemente, a la intimidad de esa familia por una hábil conducta de la señora X, que procedió con un determinado exquisito tacto y que consiste en negarnos un vaso de agua para poner a nuestro alcance, y como quien no quiere, un frasco de alcohol. Imagínense ustedes lo que ocurriría con un sediento. Oponiéndose en palabras a mis deseos. Incluso, hay testigos. Digo esto para descargo de mi conciencia. Más aún, en circunstancias en que nuestras relaciones hacían prever una ruptura, yo anticipé seguridades que escandalizaron a los amigos de la casa. Y es curioso. Hay muchas madres que adoptan este temperamento, en la relación que sus hijas tienen con los novios, de manera que el incauto —si en un incauto puede admitirse un minuto de lucidez— observa con terror que ha llevado las cosas mucho más lejos de lo que permitía la conveniencia social.

Y ahora volvamos al jorobadito para deslindar responsabilidades. La primera vez que se presentó a visitarme en mi casa, lo hizo en casi completo estado de ebriedad, faltándole el respeto a una vieja criada que salió a recibirlo y gritando a voz en cuello de manera que hasta los viandantes que pasaban por la calle podían escucharle:

—¿Y dónde está la banda de música con que debían festejar mi hermosa presencia? Y los esclavos que tienen que ungirme de aceite, ¿dónde se han metido? En lugar de recibirme jovencitos con orinales, me atiende una vieja desdentada y hedionda. ¿Y ésta es la casa en la cual usted vive? —y observando las puertas recién pintadas, exclamó enfáticamente—: ¡Pero esto no parece una casa de familia sino una ferretería! Es simplemente asqueroso. ¿Cómo no han tenido la precaución de perfumar la casa con esencia de nardo, sabiendo que iba a venir? ¿No se dan cuenta de la pestilencia de aguarrás que hay aquí? ¿Reparan ustedes en la catadura del insolente que se había posesionado de mi vida?

Lo cual es grave, señores, muy grave.

Estudiando el asunto recuerdo que conocí al contrahecho en un café; lo recuerdo perfectamente. Estaba yo sentado frente a una mesa, meditando, con la nariz metida en mi taza de café, cuando, al levantar la vista distinguí a un jorobadito que con los pies a dos cuartas del suelo y en mangas de camisa, observábame con toda atención, sentado del modo más indecoroso del mundo, pues había puesto la silla al revés y apoyaba sus brazos en el respaldo de esta.

Como hacía calor se había quitado el saco, y así descaradamente en cuerpo de camisa, giraba sus renegridos ojos saltones sobre los jugadores de billar. Era tan bajo que apenas si sus hombros se ponían a nivel con la tabla de la mesa. Y, como les contaba, alternaba la operación de contemplar la concurrencia, con la no menos importante de examinar su reloj pulsera, cual si la hora que este marcara le importara mucho más que la señalada en el gigantesco reloj colgado de un muro del establecimiento.

Pero, lo que causaba en él un efecto extraño, además de la consabida corcova, era la cabeza cuadrada y la cara larga y redonda, de modo que por el cráneo parecía un mulo y por el semblante un caballo.

Me quedé un instante contemplando al jorobadito con la curiosidad de quien mira un sapo que ha brotado frente a él; y éste, sin ofenderse, me dijo:

—Caballero, ¿será tan amable usted que me permita sus fósforos?

Sonriendo, le alcancé mi caja; el contrahecho encendió su cigarro medio consumido y después de observarme largamente, dijo:

—¡Qué buen mozo es usted! Seguramente que no deben faltarle novias.

La lisonja halaga siempre aunque salga de la boca de un jorobado, y muy amablemente le contesté que sí, que tenía una muy hermosa novia, aunque no estaba muy seguro de ser querido por ella, a lo cual el desconocido, a quien bauticé en mi fuero interno con el nombre de Rigoletto, me contestó después de escuchar con sentenciosa atención mis palabras:

—No sé por qué se me ocurre que usted es de la estofa con que se fabrican excelentes cornudos —y antes que tuviera tiempo de sobreponerme a la estupefacción que me produjo su extraordinaria insolencia, el cacaseno continuó—: Pues yo nunca he tenido novia, créalo, caballero... le digo la verdad.

—No lo dudo —repliqué sonriendo ofensivamente—, no lo dudo...

—De lo que me alegro, caballero, porque no me agradaría tener un incidente con usted...

Mientras él hablaba yo vacilaba si levantarme y darle un puntapié en la cabeza o tirarle a la cara el contenido de mi pocilio de café, pero recapacitándolo me dije que de promoverse un altercado allí, el que llevaría todas las de perder era yo, y cuando me disponía a marcharme contra mi voluntad porque aquel sapo humano me atraía con la inmensidad de su desparpajo, él, obsequiándome con la más graciosa sonrisa de su repertorio que dejaba al descubierto su amarilla dentadura de jumento, dijo:

—Este reloj pulsera me cuesta veinticinco pesos... esta corbata es inarrugable y me cuesta ocho pesos... ¿ve estos botines?, treinta y dos pesos, caballero. ¿Puede alguien decir que soy un pelafustán? ¡No, señor! ¿No es cierto?

—¡Claro que sí!

Guiñó arduamente los ojos durante un minuto, luego moviendo la cabeza como un osezno alegre, prosiguió interrogador y afirmativo simultáneamente:

—Qué agradable es poder confesar sus intimidades en público, ¿no le parece, caballero? ¿Hay muchos en mi lugar que pueden sentarse impunemente a la mesa de un café y entablar una amable conversación con un desconocido como lo hago yo? No. Y, ¿por qué no hay muchos, puede contestarme?

—No sé...

—Porque mi semblante respira la santa honradez.

Satisfechísimo de su conclusión, el bufoncillo se restregó las manos con satánico donaire, y echando complacidas miradas en redor prosiguió:

—Soy más bueno que el pan francés y más arbitrario que una preñada de cinco meses. Basta mirarme para comprender de inmediato que soy uno de aquellos hombres que aparecen de tanto en tanto sobre el planeta como un consuelo que Dios ofrece a los hombres en pago de sus penurias, y aunque no creo en la santísima Virgen, la bondad fluye de mis palabras como la piel del Himeto.

Mientras yo desencajaba los ojos asombrados, Rigoletto continuó:

—Yo podría ser abogado ahora, pero como no he estudiado no lo soy. En mi familia fui profesional del betún.

—¿Del betún?

—Sí, lustrador de botas… lo cual me honra, porque yo solo he escalado la posición que ocupo. ¿O le molesta que haya sido profesional? ¿Acaso no se dice «técnico de calzado» el último remendón de portal, y «experto en cabellos y sus derivados» el rapabarbas, y «profesor de baile» el cafishio profesional…?

Indudablemente, era aquel el pillete más divertido que había encontrado en mi vida.

—¿Y ahora qué hace usted?

—Levanto quinielas entre mis favorecedores, señor. No dudo que usted será mi cliente. Pida informes...

—No hace falta.

—¿Quiere fumar usted, caballero?

—¡Cómo no!

Después que encendí el cigarro que él me hubo ofrecido, Rigoletto apoyó el corto brazo en mi mesa y dijo:

—Yo soy enemigo de contraer amistades nuevas porque la gente generalmente carece de tacto y educación, pero usted me convence... me parece una persona muy de bien y quiero ser su amigo —dicho lo cual, y ustedes no lo creerán, el corcovado abandonó su silla y se instaló en mi mesa.

Ahora no dudarán ustedes de que Rigoletto era el ente más descarado de su especie, y ello me divirtió a punto tal que no pude menos de pasar el brazo por encima de la mesa y darle dos palmadas amistosas en la giba.

Quedose el contrahecho mirándome gravemente un instante; luego lo pensó mejor, y sonriendo, agregó:

—¡Que le aproveche, caballero, porque a mí no me ha dado ninguna suerte!

Siempre dudé que mi novia me quisiera con la misma fuerza de enamoramiento que a mí me hacía pensar en ella durante todo el día, como en una imagen sobrenatural.

Por momentos la sentía implantada en mi existencia semejante a un peñasco en el centro de un río. Y esta sensación de ser la corriente dividida en dos ondas cada día más pequeñas por el crecimiento del peñasco, resumía mi deleite de enamoramiento y anulación. ¿Comprenden ustedes? La vida que corre en nosotros se corta en dos raudales al llegar a su imagen, y como la corriente no puede destruir la roca, terminamos anhelando el peñasco que aja nuestro movimiento y permanece inmutable.

Naturalmente, ella desde el primer día que nos tratamos, me hizo experimentar con su frialdad sonriente el peso de su autoridad. Sin poder concretar en qué consistía el dominio que ejercía sobre mí, este se traducía como la presión de una atmósfera sobre mi pasión. Frente a ella me sentía ridículo, inferior, sin saber precisar en qué podía consistir cualquiera de ambas cosas.

De más está decir que nunca me atreví a besarla, porque se me ocurría que ella podía considerar un ultraje mi caricia. Eso sí, me era más fácil imaginármela entregada a las caricias de otro, aunque ahora se me ocurre que esa imaginación pervertida era la consecuencia de mi conducta imbécil para con ella.

En tanto, mediante esas curiosas trasmutaciones que obra a veces la alquimia de las pasiones, comencé a odiar rabiosamente a la madre, responsabilizándola también, ignoro por qué, de aquella situación absurda en que me encontraba. Si yo estaba de novio en aquella casa debíase a las arterias de la maldita vieja, y llegó a producirse en poco tiempo una de las situaciones más raras de que había oído hablar, pues me retenía en la casa, junto a mi novia, no el amor a ella, sino el odio al alma taciturna y violenta que envasaba la madre silenciosa, pesando a todas horas cuántas probabilidades existían en el presente de que me casara o no con su hija. Ahora estaba aferrado al semblante de la madre como a una mala injuria inolvidable o a una humillación atroz. Me olvidaba de la muchacha que estaba a mi lado para entretenerme en estudiar el rostro de la anciana, abotargado por el relajamiento de la red muscular, terroso, inmóvil por momentos, como si estuviera tallado en plata sucia, y con ojos negros, vivos e insolentes.

Las mejillas estaban surcadas por gruesas arrugas amarillas, y cuando aquel rostro estaba inmóvil y grave, con los ojos desviados de los míos, por ejemplo, detenidos en el plafón de la sala, emanaba de esa figura envuelta en ropas negras tal implacable voluntad, que el tono de la voz, enérgico y recio, lo que hacía era sólo afirmarla.

Yo tuve la sensación, en un momento dado, que esa mujer me aborrecía, porque la intimidad, a la cual ella «involuntariamente» me había arrastrado, no aseguraba en su interior las ilusiones que un día se había hecho respecto a mí.

Y a medida que el odio crecía, y lanzaba en su interior furiosas voces, la señora X era más amable conmigo, se interesaba por mi salud, siempre precaria, tenía conmigo esas atenciones que las mujeres que han sido un poco sensuales gastan con sus hijos varones, y como una monstruosa araña iba tejiendo en redor de mi responsabilidad una fina tela de obligaciones. Sólo sus ojos negros e insolentes me espiaban de continuo, revisándome el alma y sopesando mis intenciones. A veces, cuando la incertidumbre se le hacía insoportable, estallaba casi en estas indirectas:

—Las amigas no hacen sino preguntarme cuándo se casan ustedes, y yo ¿qué les voy a contestar? Que pronto.

O si no:

—Sería conveniente, no le parece a usted que la «nena» fuera preparando su ajuar.

Cuando la señora X pronunciaba estas palabras, me miraba fijamente para descubrir si en un parpadeo o en un involuntario temblor de un nervio facial se revelaba mi intención de no cumplir con el compromiso, al cual ella me había arrastrado con su conducta habilísima. Aunque tenía la seguridad de que le daría una sorpresa desagradable, fingía estar segura de mi «decencia de caballero», mas el esfuerzo que tenía que efectuar para revestirse de esa apariencia de tranquilidad, ponía en el timbre de su voz una violencia meliflua, violencia que imprimía a las palabras una velocidad de cuchicheo, como quien nos confía apuradamente un secreto, acompañando la voz con una inclinación de cabeza sobre el hombro derecho, mientras que la lengua humedecía los labios resecos por ese instinto animal que la impulsaba a desear matarme o hacerme víctima de una venganza atroz.

Además de voluntariosa, carecía de escrúpulos, pues fingía articular con mis ideas, que le eran odiosas en el más amplio sentido de la palabra.

Y aunque aparentemente resulte ridículo que dos personas se odien en la divergencia de un pensamiento, no lo es, porque en el subconsciente de cada hombre y de cada mujer donde se almacena el rencor, cuando no es posible otro escape, el odio se descarga como por una válvula psíquica en la oposición de las ideas. Por ejemplo, ella, que odiaba a los bolcheviques, me escuchaba deferentemente cuando yo hablaba de las rencillas de Trotzki y Stalin, y hasta llegó al extremo de fingir interesarse por

Lenin, ella, ella que se entusiasmaba ardientemente con los más groseros figurones de nuestra política conservadora. Acomodaticia y flexible, su aprobación a mis ideas era una injuria, me sentía empequeñecido y denigrado frente a una mujer que si yo hubiera afirmado que el día era noche, me contestaría:

—Efectivamente, no me fijé que el sol hace rato que se ha puesto.

Sintetizando, ella deseaba que me casara de una vez. Luego se encargaría de darme con las puertas en las narices y de resarcirse de todas las dudas en que la había mantenido sumergida mi noviazgo eterno.

En tanto la malla de la red se iba ajustando cada vez más a mi organismo. Me sentía amarrado por invisibles cordeles. Día tras día la señora X agregaba un nudo más a su tejido, y mi tristeza crecía como si ante mis ojos estuvieran serruchando las tablas del ataúd que me iban a sumergir en la nada.

Sabía que en la casa, lo poco bueno que persistía en mí iba a naufragar si yo aceptaba la situación que traía aparejada el compromiso. Ellas, la madre y la hija, me atraían a sus preocupaciones mezquinas, a su vida sórdida, sin ideales, una existencia gris, la verdadera noria de nuestro lenguaje popular en el que la personalidad a medida que pasan los días se va desintegrando bajo el peso de las obligaciones económicas, que tienen la virtud de convertir a un hombre en uno de esos autómatas con cuello postizo, a quienes la mujer y la suegra retan a cada instante porque no trajo más dinero o no llegó a la hora establecida.

Hace mucho tiempo que he comprendido que no he nacido para semejante esclavitud. Admito que es más probable que mi destino me lleve a dormir junto a los rieles de un ferrocarril, en medio del campo verde, que a la de acarretillar un cochecito con toldo de hule, donde duerme un muñeco que al decir de la gente «debe enorgullecerme de ser padre».

Yo no he podido concebir jamás ese orgullo, y sí experimento un sentimiento de vergüenza y de lástima cuando un buen señor se entusiasma frente a mí con el pretexto de que su esposa lo ha hecho «padre de familia». Hasta muchas veces me he dicho que esa gente que así procede son simuladores de alegría o unos perfectos estúpidos. Porque en vez de felicitarnos del nacimiento de una criatura debíamos llorar de haber provocado la aparición en este mundo de un mísero y débil cuerpo humano, que a través de los años sufrirá incontables horas de dolor y escasísimos minutos de alegría.

Y mientras la «deliciosa criatura» con la cabeza tiesa junto a mi hombro soñaba con un futuro sonrosado, yo, con los ojos perdidos en la triangular verdura de un ciprés cercano, pensaba con qué hoja cortante desgarrar la tela de la red, cuyas células, a medida que crecía, se hacían más pequeñas y densas.

Sin embargo, no encontraba un filo lo suficientemente agudo para desgarrar definitivamente la malla, hasta que conocí al corcovado.

En esas circunstancias se me ocurrió la «idea» —idea que fue pequeñita al principio como la raíz de una hierba, pero que en el transcurso de los días se bifurcó en mi cerebro, dilatándose, afianzando sus fibromas entre las células más remotas— y aunque no se me ocultaba que era esa una «idea» extraña, fui familiarizándome con su contextura, de modo que a los pocos días ya estaba acostumbrado a ella y no faltaba sino llevarla a la práctica.

Esa idea, semidiabólica por su naturaleza, consistía en conducir a la casa de mi novia al insolente jorobadito, previo acuerdo con él, y promover un escándalo singular, de consecuencias irreparables. Buscando un motivo mediante el cual podría provocar una ruptura, reparé en una ofensa que podría inferirle a mi novia, sumamente curiosa, la cual consistía:

Bajo la apariencia de una conmiseración elevada a su más pura violencia y expresión, el primer beso que ella aún no me había dado a mí, tendría que dárselo al repugnante corcovado que jamás había sido amado, que jamás conoció la piedad angélica ni la belleza terrestre.

Familiarizado, como les cuento, con mi «idea», si a algo tan magnífico se puede llamar idea, me dirigí al café en busca de Rigoletto.

Después que se hubo sentado a mi lado, le dije:

—Querido amigo: muchas veces he pensado que ninguna mujer lo ha besado ni lo besará. ¡No me interrumpa! Yo la quiero mucho a mi novia, pero dudo que me corresponda de corazón. Y tanto la quiero que para que se dé cuenta de mi cariño le diré que nunca la he besado. Ahora bien, yo quiero que ella me dé una prueba de su amor hacia mí y esa prueba consistirá en que lo bese a usted. ¿Está conforme?

Respingó el corcovado en su silla; luego con tono enfático me replicó:

—¿Y quién me indemniza a mí, caballero, del mal rato que voy a pasar?

—¿Cómo, mal rato?

—¡Naturalmente! ¿O usted se cree que yo puedo prestarme por ser jorobado a farsas tan innobles? Usted me va a llevar a la casa de su novia y como quien presenta un monstruo, le dirá: «Querida, te presento al dromedario».

—¡Yo no la tuteo a mi novia!

—Para el caso es lo mismo. Y yo en tanto, ¿qué voy a quedarme haciendo, caballero? ¿Abriendo la boca como un imbécil, mientras disputan sus tonterías? ¡No, señor; muchas gracias! Gracias por su buena intención, como le decía la liebre al cazador. Además, que usted me dijo que nunca la había besado a su novia.

—Y eso, ¿qué tiene que ver?

—¡Claro! ¿Usted sabe acaso si a mí me gusta que me besen? Puede no gustarme. Y si no me gusta, ¿por qué usted quiere obligarme? ¿O es que usted se cree que porque soy corcovado no tengo sentimientos humanos?

La resistencia de Rigoletto me enardeció. Violentamente, le dije:

—Pero, ¿no se da cuenta de que es usted, con su joroba y figura desgraciadas, el que me sugirió este admirable proyecto? ¡Piense, infeliz! Si mi novia consiente, le quedará a usted un recuerdo espléndido. Podrá decir por todas partes que ha conocido a la criatura más adorable de la tierra. ¿No se da cuenta? Su primer beso habrá sido para usted.

—¿Y quién le dice a usted que ese sea el primer beso que haya dado?

Durante un instante me quedé inmóvil; luego, obcecado por ese frenesí que violentaba toda mi vida hacia la ejecución de la «idea», le respondí:

—Y a vos, Rigoletto, ¿qué te importa?

—¡No me llame Rigoletto! Yo no le he dado tanta confianza para que me ponga sobrenombres.

—Pero, ¿sabés que sos el contrahecho más insolente que he conocido?

Amainó el jorobadito y luego dijo:

—¿Y si me ultrajara de palabra o de hecho?

—¡No seas ridículo, Rigoletto! ¿Quién te va a ultrajar? ¡Si vos sos un bufón! ¿No te das cuenta? ¡Sos un bufón y un parásito! ¿Para qué hacés entonces la comedia de la dignidad?

—¡Rotundamente protesto, caballero!

—Protestá, todo lo que quieras, pero escuchame. Sos un desvergonzado parásito. Creo que me expreso con suficiente claridad, ¿no? Les chupás la sangre a todos los clientes del café que tienen la imprudencia de escuchar tus melifluas palabras. Indudablemente no se encuentra en todo Buenos Aires un cínico de tu estampa y calibre. ¿Con qué derecho, entonces, pretendés que te indemnicen si a vos te indemniza mi tontería de llevarte a una casa donde no sos digno de barrer el zaguán? ¿Qué más indemnización querés que el beso que ella, santamente, te dará, insensible a tu cara, el mapa de la desvergüenza?

—¡No me ultraje!

—Bueno, Rigoletto, ¿aceptás o no aceptás?

—¿Y si ella se niega a dármelo o quedo desairado...?

—Te daré veinte pesos.

—¿Y cuándo vamos a ir?

—Mañana. Córtate el pelo, limpiate las uñas...

—Bueno... Présteme cinco pesos...

—Tomá diez.

A las nueve de la noche salí con Rigoletto en dirección a la casa de mi novia. El giboso se había perfumado endiabladamente y estrenaba una corbata plastrón de color violeta. La noche se presentaba sombría con sus ráfagas de viento encallejonadas en las bocacalles, y en el confín, tristemente iluminado por oscilantes lunas eléctricas, se veían deslizarse vertiginosas cordilleras de nubes.

Yo estaba malhumorado, triste. Tan apresuradamente caminaba que el cojo casi corría tras de mí, y a momentos tomándome del borde del saco, me decía con tono lastimero:

—¡Pero usted quiere reventarme! ¿Qué le pasa a usted?

Y de tal manera crecía mi enfurecimiento que de no necesitar a Rigoletto, lo hubiera arrojado de un puntapié al medio de la calzada.

¡Y cómo soplaba el viento! No se veía alma viviente por las calles, y una claridad espectral caída del segundo cielo que contenían las combadas nubes, hacía más nítidos los contornos de las fachadas y sus cresterías funerarias:

No había quedado un trozo de papel por los suelos. Parecía que la ciudad había sido borrada por una tropa de espectros. Y a pesar de encontrarme en ella, creía estar perdido en un bosque.

El viento doblaba violentamente la copa de los árboles, pero el maldito corcovado me perseguía en mi carrera, como si no quisiera perderme, semejante a mi genio malo, semejante a lo malvado de mí mismo que para concretarse se hubiera revestido con la figura abominable del giboso.

Y yo estaba triste. Enormemente triste, como no se lo imaginan ustedes. Comprendía que le iba a inferir un atroz ultraje a la tría calculadora; comprendía que ese acto me separaría para siempre de ella, lo cual no obstaba para que me dijera a medida que cruzaba las aceras desiertas:

—Si Rigoletto fuera mi hermano, no hubiera procedido lo mismo.

Y comprendía que sí, que si Rigoletto hubiera sido mi hermano, yo toda la vida lo hubiera compadecido con angustia enorme. Por su aislamiento, por su falta de amor que le hiciera tolerable los días colmados por los ultrajes de todas las miradas. Y me añadía que la mujer que me hubiera querido debía primero haberlo amado a él.

De pronto me detuve ante un zaguán iluminado:

—Aquí es.

Mi corazón latía fuertemente. Rigoletto atiesó el pescuezo y, empinado sobre la punta de sus pies, al tiempo que se arreglaba el moño de la corbata, me dijo:

—¡Acuérdese! ¡Usted es el único culpable! ¡Que el pecado...!

Fina y alta, apareció mi novia en la sala dorada.

Aunque sonreía, su mirada me escudriñaba con la misma serenidad con que me examinó la primera vez cuando le dije: «¿me permite una palabra, señorita?», y esta contradicción entre la sonrisa de su carne (pues es la carne la que hace ese movimiento delicioso que llamamos sonrisa) y la fría expectativa de su inteligencia discerniéndome mediante los ojos, era la que siempre me causaba la extraña impresión.

Avanzó cordialmente a mi encuentro, pero al descubrir al contrahecho, se detuvo asombrada, interrogándonos a los dos con la mirada.

—Elsa, le voy a presentar a mi amigo Rigoletto.

—¡No me ultraje, caballero! ¡Usted bien sabe que no me llamo Rigoletto!

—¡A ver si te callás!

Elsa detuvo la sonrisa. Mirábame seriamente, como si yo estuviera en trance de convertirme en un desconocido para ella. Señalándole una butaca dorada le dije al contrahecho:

—Sentate allí y no te muevas.

Quedose el giboso con los pies a dos cuartas del suelo y el sombrero de paja sobre las rodillas y con su carota atezada parecía un ridículo ídolo chino. Elsa contemplaba estupefacta al absurdo personaje.

Me sentí súbitamente calmado.

—Elsa —le dije—, Elsa, yo dudo de su amor.
No se preocupe por ese repugnante canalla
que nos escucha. Oígame: yo dudo... no sé
por qué... pero dudo de que usted me quiera.
Es triste eso... créalo... Demuéstreme, deme
una prueba de que me quiere, y seré toda la
vida su esclavo.

Naturalmente, yo no estaba seguro de lo
que quería expresar «toda la vida», pero tanto
me agradó la frase que insistí:

—Sí, su esclavo para toda la vida. No crea
que he bebido. Sienta el olor de mi aliento.

Elsa retrocedió a medida que yo me acercaba
a ella, y en ese momento, ¿saben ustedes lo que
se le ocurre al maldito cojo? Pues: tocar una
marcha militar con el nudillo de sus dedos en
la copa del sombrero.

Me volví al cojo y después de conminarle
silencio, me expliqué:

—Vea, Elsa, y la única prueba de amor es
que le dé un beso a Rigoletto.

Los ojos de la doncella se llenaron de una
claridad sombría. Caviló un instante; luego,
sin cólera en la voz, me dijo muy lentamente:

—¡Retírese!

—¡Pero...!

—¡Retírese, por favor... Váyase...!

Yo me inclino a creer que el asunto hubiera tenido compostura, créanlo... pero aquí ocurrió algo curioso, y es que Rigoletto, que hasta entonces había guardado silencio, se levantó exclamando:

—¡No le permito esa insolencia, señorita... no le permito que lo trate así a mi noble amigo! Usted no tiene corazón para la desgracia ajena. ¡Corazón de peñasco, es indigna de ser la novia de mi amigo!

Más tarde mucha gente creyó que lo que ocurrió fue una comedia preparada. Y la prueba de que yo ignoraba lo que iba a ocurrir, es que al escuchar los despropósitos del contrahecho me desplomé en un sofá riéndome a gritos, mientras que el giboso, con el semblante congestionado, tieso en el centro de la sala, con su bracito extendido, vociferaba:

—¡Por qué usted le dijo a mi amigo que un beso no se pide... se da! ¿Son conversaciones esas adecuadas para una que presume de señorita como usted? ¿No le da a usted vergüenza?

Descompuesto de risa, sólo atiné a decir:

—¡Callate, Rigoletto; callate!

El corcovado se volvió enfático:

—¡Permítame, caballero... no necesito que me dé lecciones de urbanidad! —Y volviéndose a Elsa, que roja de vergüenza había retrocedido hasta la puerta de la sala, le dijo—: ¡Señorita... la conmino a que me dé un beso!

El límite de resistencia de las personas es variable. Elsa huyó arrojando grandes gritos y en menos tiempo del que podía esperarse aparecieron en la sala su padre y su madre, la última con una servilleta en la mano.

¿Ustedes creen que el cojo se amilanó? Nada de eso. Colocado en medio de la sala, gritó estentóreamente:

—¡Ustedes no tienen nada que hacer aquí! ¡Yo he venido en cumplimiento de una alta misión filantrópica...! ¡No se acerquen! —Y antes de que ellos tuvieran tiempo de avanzar para arrojarlo por la ventana, el corcovado desenfundó un revólver, encañonándolos.

Se espantaron porque creyeron que estaba loco, y cuando los vi así inmovilizados por el miedo, quedeme a la expectativa, como quien no tuviera nada que hacer en tal asunto, pues ahora la insolencia de Rigoletto parecíame de lo más extraordinaria y pintoresca.

Este, dándose cuenta del efecto causado, se envalentonó:

—¡Yo he venido a cumplir una alta misión filantrópica! Y es necesario que Elsa me dé un beso para que yo le perdone a la humanidad mi corcova. A cuenta del beso, sírvanme un té con coñac. ¡Es una vergüenza cómo ustedes atienden a las visitas! ¡No tuerza la nariz, señora, que para eso me he perfumado! ¡Y tráigame el té!

¡Ah, inefable Rigoletto! Dicen que estoy loco, pero jamás un cuerdo se ha reído con tus insolencias como yo, que no estaba en mis cabales.

—Lo haré meter preso.

—Usted ignora las más elementales reglas de cortesía —insistía el corcovado—. Ustedes están obligados a atenderme como a un caballero. El hecho de ser jorobado no los autoriza a despreciarme. Yo he venido para cumplir una alta misión filantrópica. La novia de mi amigo está obligada a darme un beso.

Y no lo rechazo. Lo acepto. Comprendo que debo aceptarlo como una reparación que me debe la sociedad, y no me niego a recibirlo.

Indudablemente... si allí había un loco, era Rigoletto, no les quede la menor duda, señores. Continuó él:

—Caballero... yo soy...

Un vigilante tras otro entraron en la sala. No recuerdo más nada. Dicen los periódicos que me desvanecí al verlos entrar. Es posible.

¿Y ahora se dan cuenta por qué el hijo del diablo, el maldito jorobado, castigaba a la marrana todas las tardes y por qué yo he terminado estrangulándole?

EL FACINEROSO

La trabajó de prepotente hasta hace unos años
por los barrios de extramuros, pero en las
comisarías del deslinde le zurraron tantas veces
la badana, que optó por emigrar, y hoy honra
con su presencia La Mosca, Villa Industriales,
Villa Trabajo y Lanús Oeste.

Pinta brava

Si es hijo de extranjeros, tiene la pinta
colorada, como Juan Moreira, que era pelirrojo
y tenía ojos verdes; si es criollo, parece tallado
en madera claroscura. Gasta sombrero mitrista.
¿En qué fábrica se cortan estos sombreros,
ahora de exclusivo uso para maleantes? Porra
panzuda en la nuca, camiseta con franjas,

alpargatas y faja. Conoce a todos los reseros. Fue él también peón de playa, alguna vez, y después se cansó. Desde entonces no trabaja. El robo le gusta poco, y a un trabajo de escalo con fractura, prefiere el alevoso golpe de furca y la puñalada trapera, que se da para robar cincuenta centavos y medio paquete de cigarrillos Brasil a algún pobre turco que trabaja en el Dock Sur.

Lo que pudrió la civilización

Él debía haber estado toda la vida en el campo, no haber salido de una estancia situada a trescientas leguas de Buenos Aires, pero la fatalidad le hizo orillar Mataderos. Luego conoció las fábricas de Avellaneda y Boca; tuvo su carrito, laburó de transportero, se complicó de la forma más estúpida en un robo, y cuando quiso acordarse, tuvo el manyamiento* encima y un prontuario a la cola. Y el alma se le agrió.

---

* En el lunfardo, la palabra mayarmiento significa ser identificado por la policía de investigaciones.

Los amigos

Estuvo algunos meses en Encausados, aporreó a un guardián, conoció el triángulo, se hizo erudito en las leyes que dan el vuelco a un desgraciado hacia Ushuaia, y las horas muertas las pasó jugando a los naipes. En el escolazo se olvidó de la calle y de la libertad; salió, volvió a entrar por darle dos bifes a un gil; salió, entró por una borrachera complicada con atentado a la autoridad; salió, lo trincaron sin que hiciera nada, y por no hacer nada lo raparon, le dieron unos lonjazos y lo pasaron para Contraventores, y desde entonces conoció el fatal trentenario, el retrato en los diarios con las entradas enumeradas, los apodos en lista interminable; y él, que no había sido nada más que un poco prepotente, adquirió fama de guapo, de peligroso y de maleante. En este giro por las seccionales, conoció ladrones, asesinos, furquistas, biaberos, y sin ser lo uno ni lo otro, guareció en su rancho de Villa Modelo o de Villa Industriales a los maleantes más famosos, y albergó a Juancho, y jugó un truco con la Vieja, y una vez casi lo apuñalea a Saccomano y protegió la fuga del Brasilero, y hasta le prestó unos pesos al Mañoso, que luego fue quemado a tiros en un picnic de reos en Vicente López, y hasta hizo cuenta en lo de los hermanos Trifulca…

Un día lo procesaron por encubridor. Salió; le metieron la mula los tiras, y sin comerlo y sin beberlo, le cargaron un hurto con prueba, y volvió a entrar…

Salió más amargado y facineroso que nunca. Cambió de domicilio y se instaló en los deslindes de Lanús Oeste, a media cuadra de la Pampa, a ver si lo dejaban tranquilo. A su lado, como caída del cielo, o brotada de un pantano de tachos, se instaló una china. Y tomaron mates juntos y asaron en compañía.

La pareja

Los dos le tienen asco a la yuta; los dos tienen la mirada avizoradora de las fieras que saben que algún día morirán hechas pedazos por la civilización. Y cuando, a lo lejos, se oye un galope, los dos salen como brotados de la puerta del rancho, y haciendo, ante los ojos, visera con las manos, espían el confín para ver si no es uno de gendarmería montada.

Nadie sabrá sobre la tierra lo mucho que quiere esa china a ese facineroso. Él manda y ella obedece. Desconocen las palabras de ternura. Hablan poco. Cuando ceban mate se quedan a la orilla del brasero, él, con el ala del sombrero negreándole la frente, ella, con la pavita colgando, por la manija, de una mano. Desconocen las palabras de ternura, pero cuando se produce un allanamiento, la primera en esgrimir la cuchilla, la primera en tapar el hueco por donde escapó el perseguido, es ella. Él no se mueve. Permanece en la orilla del banquito, taciturno, el ala del sombrero negreándole la frente.

Él no trabaja. ¿Para qué? ¿Para que en las primeras de cambio lo metan preso? La china, sí; sale, se las rebusca, engaña a algún infeliz del Dock Sur, le saca la quincena o arrebata, al descuido, cualquier cosa de la puerta abierta de una casa. Pero para la yerba y el asado siempre trae. Para eso es mujer y tiene un hombre. Y una mujer como ella sólo tiene un hombre cuando lo puede mantener. Si no, anda sola.

Como la mujer honesta, tiene su vanidad: la de saber atender a los amigos ladrones que vienen a visitar al compañero.

Y un día...

Un día es la aventura de muerte. Salen a un asalto; un trabajo simple. Es un desgraciado que de dos bifes se le sosiega; pero el desgraciado, como esos bueyes que de una cornada matan al diestro más espabilado, el desgraciado repele la agresión a tiros, le desfonda la cabeza a uno de los furquistas y él, el facineroso, escapa con una bala en el vientre. Siente que se muere en el camino; la vida se le escapa por ese agujero sangrante; y arrastrándose, llega hasta la puerta del rancho. Esa es su única voluntad: llegar hasta allí.

Como a una criatura, lo recoge entre sus brazos la china. Lo mira y ve que él se le muere, y entonces, invocando la Virgen; una Virgen parda que conoció cuando chica, recuesta a su hombre, le da un trago de caña; pero como una res, él yace, y se muere despacio…, se muere con la mirada fija en las crenchas negras de esa mujer obscura que, como una deidad pampa, está a su lado, confeccionando ungüentos.

Y cuando él muere, la mujer se arrodilla y reza.

ESTER PRIMAVERA

Me domina una emoción invencible al pensar
en Ester Primavera.

Es como si de pronto una ráfaga de viento
caliente me golpeara el rostro. Y, sin embargo,
la cresta de las sierras está nevada. Carámbanos
blancos aterciopelan las horquetas de un nogal
que está al pie de la buhardilla que ocupo en el
tercer piso del Pabellón Pasteur en el Sanatorio
de Tuberculosos de Santa Mónica.

¡Ester Primavera!

Su nombre amontona pasado en mis ojos.
Mis sobresaltos rojos palidecen en sucesivas
bellezas de recuerdo. Nombrarla es recibir de
pronto el golpe de una ráfaga de viento caliente
en mis mejillas frías.

Estirado en la reposera, cubierto hasta el mentón con una manta oscura, pienso de continuo en ella. Hace setecientos días que pienso a toda hora en Ester Primavera, la única criatura que he ofendido atrozmente. No, ésa no es la palabra. No la he ofendido, hice algo peor aún, arranqué de cuajo en ella toda esperanza de la bondad terrestre. No podrá tener nunca más una ilusión, tan groseramente le he retorcido el alma. Y esa infamia dilata en mi carne una tristeza deliciosa. Ahora sé que podré morir. Nunca creí que el remordimiento adquiriera profundidades tan sabrosas. Y que un pecado se convirtiera en una almohada espantosamente muelle, donde para siempre reposaremos con la angustia que fermentamos.

Y sé que ella nunca me podrá olvidar, y la mirada fija de la alta criatura, que camina moviendo ligeramente los hombros, es la única belleza que me atornilla al mundo de los vivos que dejé por este infierno.

Aún la veo. El semblante fino y largo, delineado en expresión de tormento, como si siempre al venir hacia mí terminara de desprenderse de un enorme bloque de vida dura.

Y este esfuerzo mantenía intacta su agilidad, pues al caminar el faralá de su vestido negro se le atorbellinaba en torno de las rodillas, y un bucle de cabello corrido sobre su sien hasta descubrir el lóbulo de la oreja parecía acompañar ese ímpetu de lanzamiento a lo desconocido, que era su modo de caminar. A veces le envolvía la garganta una piel y mirándola pasar se creía que era una forastera que regresaba de lejanas ciudades. Así venía hacia mí. Sus veintitrés años que habían resbalado a través de todos los planos de vida perpendicular, sus veintitrés años envasados en un cuerpo gentil, se encaminaban hacia mí, como si yo en ese presente constituyera la definitiva razón de ser de todo su pasado... Sí, eso, había vivido veintitrés años, para eso, para avanzar en la ancha vereda hacia mí, con rostro de tormento.

Sanatorio de Santa Mónica.

Qué bien han hecho en ponerle este nombre de mansedumbre al infierno rojo, en el que todos los semblantes los ha barnizado de amarillo la muerte, y donde entre los cuatro pabellones, dos de hombres, dos de mujeres, sumamos cerca de mil tuberculosos.

¡Ay!, y hay momentos en que uno lloraría para siempre... Y el círculo de montañas, allá, el círculo que superan otras crestas de montes más distantes, el círculo donde se pierde el riel brillante de una curva, y donde los trenes que se deslizan parecen convoyes de juguetes. Y el río que, cuando hay sol, destella chapas de luz entre lo verde. Y los peñascos violetas en el crepúsculo y rojos como tizones al amanecer. Y más arriba Ucul, y más abajo Cerro del Diablo, y entre la pendiente tortuosa, horizontal, el triángulo de azul de metileno del embalse del dique, que siempre avanza. Y de noche, de día, mujeres que tosen, hombres que se incorporan en las camas, envarados por las alucinaciones de la fiebre, o el gusto de la sangre que desde muy adentro le sube al paladar. Y Dios que impera sobre todas nuestras almas taciturnas de pecados.

A la derecha de mi reposera está el pardo Leiva. Perfil rampante y un pincelazo de melena negra sobre la frente de avellana.

A mi izquierda reposa un muchacho rojo, judío, siempre callado, para que la tisis se retarde en devorarle la laringe. Más allá, en una larga fila que ocupa el patio cubierto, reposeras, y descansando en ellas, niños, hombres, adolescentes, todos envueltos en la reglamentaria manta oscura. Casi todos tienen la piel amarilla pegada a los huesos planos del semblante, las orejas transparentes, los ojos encendidos o vítreos, las fosas nasales palpitantes en la lenta aspiración del aire glacial que viene de la montaña.

Entre todas las pestañas de esos párpados entreabiertos, languidece la percepción de un recuerdo. Hay ojos que aún están anclados en una visión reciente, y entonces, a escondidas, se cubren de lágrimas. Estamos así todos, siempre recordando algo en este «sanatorio tipo montaña». Y yo pienso en ella, hace setecientos días que pienso en Ester Primavera. Cuando pronuncio su nombre, me golpea las mejillas una ráfaga de viento caliente. Y sin embargo la nieve gris cubre la cresta de los montes. Y abajo es todo negro en los socavones.

El pardo Leiva enciende un cigarrillo.

—¿Quiere pitar, siete? —me dice.

—Bueno.

Fumamos cautelosamente, porque nos está prohibido. Echamos el humo bajo la manta, y súbitamente la nicotina nos crespa el estómago en vahídos. Del interior de la sala parten toses continuas. Es el de la cama tres. Se cruzan palabras sintéticas:

—¿Durmió anoche?

—Poco.

—¿Le sigue la temperatura?

—Sí.

O si no:

—¿Cuándo le dan el neumotórax?

—Mañana.

—¿Se «anima»?

—Y... para seguir así...

Un negro permanece extático en la reposera. Su cabeza de carbón gris se aplana en un cansancio infinito en la tela. Leiva lo mira y dice:

—Ese no pasa el invierno.

Del interior de la sala vienen ruidos de toses. Es el nueve ahora, el nueve que no se termina de morir, el nueve que le apostó al médico del pabellón un cajón de botellas de cerveza «a que no se muere este invierno». Y no morirá. No morirá porque su voluntad lo ha de sostener hasta la primavera. Y el médico, que es un experto, está enfurruñado ante este «caso». Le dice, porque el enfermo es casi amigo y lo sabe todo:

—Pero si no podés vivir. ¿No te das cuenta de que no te queda ni un pedazo así de pulmón? —y le enseña la uña de su dedo meñique.

El nueve, arrinconado en blanco ángulo recto de la sala, se ríe con estertor subterráneo, envuelto en la acre neblina de su descomposición:

—Hasta la primavera no hay caso, doctor. Sáquese las ilusiones.

Y el médico se retira de la cabecera fastidiado, intrigado ante este «caso» que en los «rayos» es la negación de sus conocimientos. Pero antes de apartarse le dice riéndose:

—¿Por qué no te morís? Haceme el gusto. ¿Qué te cuesta?

—No, el gusto me lo va a hacer usted, pagándome el cajón de cerveza.

El médico también está tuberculoso. «Un vértice del izquierdo, nada más». El practicante también, «casi nada, el derecho reblandecido», y así, todos los que nos movemos como espectros en este infierno que lleva un santo nombre, todos sabemos que estamos condenados a muerte. Hoy, mañana, el año que viene... pero un día...

¡Ester Primavera!

El nombre de la fina doncella me golpea las mejillas como una ráfaga de viento caliente. Leiva tose, el muchacho judío sueña con la peletería de su padre, donde ahora, Mordecai y Levi, reirán juntos al samovar, y la campana de la capilla toca a muerto. Un tren que parece de juguete se pierde en la brillante curva del riel que horada los socavones negros. Y Buenos Aires que está tan lejos... tan lejos...

Dan ganas de matarse, pero de ir a matarse allá, a Buenos Aires... en el umbral de su puerta.

Comprendí que la quería para siempre cuando en el tranvía que nos llevaba a Palermo contesté a la pregunta de Ester Primavera con estas palabras:

—No, pierda toda esperanza. Yo no me casaré nunca, y menos con usted.

—No importa. Seremos amigos entonces. Y cuando tenga un novio, pasaré con él frente a usted para que usted lo conozca, aunque, naturalmente, yo no lo saludaré —y con los párpados bajos me soslayaba como si acabara de cometer una mala acción.

—¿Entonces ya está acostumbrada a ese juego cínico?

—Sí, tenía un amigo muy parecido a usted...

Yo me eché a reír y le dije:

—¡Qué raro…! Las mujeres que cambian frecuentemente de amigos siempre encuentran otro que era parecido al anterior.

—¡Qué divertido que es usted…! Bueno, como le contaba, cuando la situación se hacía peligrosa, me retiraba para volver cuando me sentía más fuerte.

—¿Sabe que usted es una deliciosa desvergonzada? Voy a creer que me está sondando.

—¿Qué, no está tranquilo a mi lado?

—Míreme a los ojos.

Un bucle de cabello le descubría la sien, y a pesar de su sonrisa maliciosa, persistía en ella una expresión de fatiga que desgarraba como un sufrimiento su carita pálida.

—¿Y su novio qué opinaba de ese juego cínico?

—No lo conocía.

De pronto me miró gravemente.

—Usted es una perversa.

—Sí, estoy aburrida de tanta estupidez. ¿Sabe usted qué es lo que es ser mujer?

—No, pero me lo imagino.

—Y entonces, ¿por qué se me queda mirando con esa cara? ¿No se va a enojar si le digo que usted parece un poco idiota? Pero ¿en qué piensa?

—Nada... ya se imaginará en lo que estoy pensando. Pero, acuérdese de esto. En cuanto me haga una trastada se acordará de mí para toda la vida.

La insolencia le agradó. Sonriendo malignamente me preguntó:

—Dígame... es una curiosidad... ¿no se va a enojar? ¿Usted no pertenece a ese tipo de hombre que, al cabo de una semana de conocerla a una, le dicen con ojos de carnero degollado: «quiere darme una prueba de cariño, señorita» y piden un beso?

La observé hosco:

—Posiblemente a usted nunca le pida ni le dé nada.

—¿Por qué?

—Porque no me interesa como mujer que da.

—¿Y cómo le intereso, entonces?

—Como entretenimiento... nada más. Cuando esté aburrido de aguantar sus insolencias la abandonaré.

—¿Entonces le parece linda mi alma?

—Sí, pero no la van a entender a usted.

—¿Por qué?

—Es preferible que no hablemos de eso.

Ahora paseábamos entre el verde silencio de los árboles. Con voz aniñada me contaba de otros climas y de los brotes del sufrimiento. Había entrado en Roma a un hospital de mutilados de la guerra. Vio rostros que parecían haber pasado por los cilindros de una laminadora, y cráneos truncos en obtusas, como si los hubiera trepanado una fresa. Conoció las tierras del hielo y de los cetáceos. Había querido a un hombre que se jugó una noche, en el tapete de una horrible taberna de Comodoro, entre buscadores de oro y asesinos, toda su fortuna. Y la dejó con su ajuar de novia, para ir a continuar viviendo su frenética existencia entre los tahúres de Arroyo Pescado.

Conversamos toda la mañana. La punta de su sombrilla se detenía en las manchas del sol que cubrían la grava roja de los senderos. Y yo pensaba en el singular contraste que existía entre la substancia de las cosas que ella me narraba y el tono delicado de su voz, de modo que el encanto se doblaba por la superposición de personas que en ella descubría, ya que por la confianza de su intimidad era una criatura y por los hechos una mujer.

Y no nos tratábamos como desconocidos, sino como personas que se conocen hace harto tiempo ya y para los cuales el secreto no existe, porque la desnudez del alma ha hecho visible toda posibilidad.

Y, a medida que ella entraba en los hechos que no decía que eran penosos, haciéndose cortesía de lo que pudiera no interesarme, su voz se tornaba más fina y cálida, de modo que, involuntariamente, se comprendía estar en presencia de una señorita. Y esta palabra adquiría, refiriéndose a ella, un contenido de perfección, como sería perfecto y visible el brote de un nardo de plata en una vara de hierro.

Y nos despedimos, tristemente. Pero antes de desaparecer, ella volvió sobre sus pasos y me dijo:

—Le doy las gracias por haberme mirado con ojos tan limpios de deseo. Con usted podré hablar siempre de todo. Y no piense mal de mí.

Luego, moviendo ligeramente los hombros, atorbellinada la pollera en torno de sus ágiles piernas, desapareció.

De los cinco que nos reunimos a la noche en la pieza, ¿cuál es el más canalla?

Sí, siempre después de cenar, dos horas después, nos reunimos a tornar mate. El primero que llega es Sacco, cabeza de cebolla y tórax de pugilista, más pálido que un cirio, y que en Buenos Aires fue «lancero». Tiene un prontuario más largo que una tesis. Después llega el jorobadito Pebre, que se roba los frascos de morfina en la «guardia»; luego Paya, morrudo, estevado, el rostro lechoso siempre afeitado, con una chispa de luz agria en el fondo de sus ojos color de avellana y magnífico empaque de explotador del físico.

Entran a «nuestra» pieza, cuando el muchacho judío está durmiendo. Leiva del Chambón prepara mate, mientras Sacco templa las cuerdas de la guitarra, cubriendo la caja con su enorme pecho.

Tomamos mate de la misma bombilla, porque ya no tememos al contagio y bacilo más o menos por «campo» importa poco. Las conversaciones languidecen a poco de iniciadas y generalmente guardamos silencio.

¡Ah!, sí, a Leiva lo llamarnos el Chambón. Pero a él no le agrada conversar de las «chambonadas» que ha hecho. A los homicidios cometidos los llama chambonadas. Sólo cuando se embriaga en el boliche que hay en la parada de Ucul, a la entrada del Sanatorio, se acuerda de ellos. Ocurre esto los domingos, cuando se organizan riñas de gallos y viene hasta el jefe político del Departamento y el último zarrapastroso de Ucul, que tiene un peso que jugarse. Leiva, acodado en la mesa, mirando sombríamente el rectángulo de lejanía pastosa que recuadra la puerta, evoca a medias palabras sus buenos tiempos.

Fue resero en Las Varillas. «Por el lado de San Rafael» hizo su primera «chambonada». Bajo el ángulo obtuso del techo de la buhardilla, las cuerdas que va templando Sacco dejan suspendidas, en el aire blanqueado de humo, diapasones que se amortiguan lentamente. El jorobadito apoya sus alpargatas en la orilla del brasero, y con su cara de mono tití, balanceando la cabeza, acompaña el compás de las dulces estridencias.

Paya, envuelto el cuello en un pañuelo de seda, se refugia en un silencio hosco, ocupando el ángulo de la pieza, donde el techo es más bajo.

Piensa, se acuerda del departamento amueblado que tuvo en Corrientes y Talcahuano, se acuerda...

¿Cuál es el más canalla de entre nosotros cinco?

Hemos realizado todos una vida frenética o trágica.

A mí me sorprendió el terrible dolor pulmonar una mañana de verano, a Paya le subió la sangre en surtidor a los labios una noche en un «escolaso» en que se jugaba dos mil pesos en un «full» de póker, a Leiva lo derribó la gripe, a Sacco la tos, una tos tan continua que un acceso le denunció al pasajero de un ómnibus, en circunstancias en que le vaciaba el bolsillo.

Aburridos y taciturnos lo rodeamos a Leiva, que ahora ha tomado la guitarra. Las frentes permanecen inclinadas, los semblantes dibujan una expresión varonil que es afirmación de querer vivir más cruelmente aún. El laringítico duerme cara al muro, y su cabello rojo deja una mancha de cobre en la almohada. Paya deja humear la colilla del cigarrillo entre los labios. Se acuerda de la «vida», de los «manyamientos», de las noches pasadas en la «berlina». Se acuerda de las luminosas tardes del hipódromo, las tribunas negras de una multitud porteña y en la encorvada pista resbalando vertiginosamente las blusas multicolores de los jockeys, las blusas verdes, rojas, amarillas, infladas por el viento, mientras la «merza» chupaba docenas de naranjas, gritando desaforadamente al paso de los favoritos.

Leiva desangra un tango en las cuerdas lloronas. La fiereza de los semblantes se desmorona en un convulsivo temblor de nervios faciales. Como las fieras el bosque, nosotros olfateamos a Buenos Aires, a Buenos Aires que está tan lejos, y entre las montañas nevadas el nombre de Ester Primavera choca en mis mejillas como una ráfaga de viento perfumado, y el perfil de Leiva, retobado de vientos y soles, se inclina sobre la vihuela. También sus ojos se afirman en un recuerdo de distancia, la pampa verde y violácea, el ganado movedizo en la neblina de las montañas, la copa de caña bebida en el mostrador, con una mano en el cinto y el vaso «haciendo salud».

Sacco, a la orilla de mi cama, se limpia las uñas con la punta de una cuchilla. Él también se acuerda. Es el «cuadro tercero», los ladrones esperando, en la mañana, la visita de la mujer que les traerá la ropa y noticias de la «defensa», el atardecer, con la «tumba» horrible humeando en el tacho y luego las partidas de naipes interminables, la emoción de los encuentros, los paseos en el carro celular al «juzgado», las historias de estafas, el prolegómeno de la cárcel de encausados, la carta que se escribe para engatusar a un «gil» con el cuento de la quiebra fraudulenta... la alegría de la libertad... la profunda alegría de aquel grito que daba el guardia cárcel:

—Sacco... con todo, a la guardia.

Como una ráfaga de viento caliente choca en mis mejillas el nombre de Ester Primavera.

El tango orillea la tierra de la angustia, donde las mujeres calzan zapatos violetas y los hombres tienen la cara hecha un mapa de chirlos y navajazos.

Y de pronto Sacco dice, irguiéndose dolorosamente:

—Me duele el fuelle. Hace tres días que me duele.

Un esguince le contrae el labio fino sobre los torcidos dientes.

—¿Te duele?

—Sí, mucho...

—Ponete cortadas.

—Estoy harto, tengo el lomo hecho un fiambre...

La vi al otro día de nuestra entrevista. ¿Qué mal espíritu me sugirió el malvado experimento? No sé. Más tarde he pensado muchas veces que en esa época se estaba ya iniciando en mí la enfermedad, y esa malignidad que revelaba en todos mis actos debía de ser la consecuencia de un desequilibrio nervioso, ocasionado por las toxinas que segregaban los bacilos, ya que más tarde descubriría que eran numerosos los tísicos perversos, y enconados en actitudes que tenían que hacer padecer a sus semejantes.

Lo malvado, estacionado en todo hombre, al envenenarse la sangre, se enriquece de impulsos oscuros, en un como odio retenido y del cual es consciente el enfermo, lo que no le impide dejarlo ramificar en su relación con los otros. El acto va acompañado de un placer agrio, una especie de desesperación mórbida.

¡Ah!, bueno, la vi la otra noche en la puerta del jardín de su casa. No hacía nada más que mirarme, tenía el presentimiento de que algo iba a ocurrir. Yo no hablaba, contenida la palabra por la angustia de la mentira que le iba a decir. Era la prueba de un loco. Y le dije:

—Estoy casado.

Como si hubiera recibido un «cross» en el mentón, la cabeza se le dobló hacia la nuca. El contorno facial quedó relajado en una crispación de quemadura blanca. La piel sobre los maxilares y los labios se le encrespó en un temblor. Una arruga fina le cortó la frente, durante un instante los párpados temblaron sobre sus ojos por los que parecía se le quería escapar el alma; luego, un momento, su mirada quedó inmóvil entre las rígidas pestañas que filtraban una chispa moribunda.

Al fin se recobró en su frenesí.

—No, no es posible... Diga que no.

Y, en vez de apiadarme por su angustia, una expectativa sombría me mantuvo firme. Si la Muerte hubiera estado a su lado y de una palabra mía dependiera su vida yo no pronunciara esa palabra. ¿No era, acaso, aquél el más hermoso momento de nuestra existencia? ¿Podíamos envasar más angustia que entonces para el futuro? Allí éramos auténticamente yo un hombre que me jugaba una mujer ante sus ojos... todo el resto era mentira... lo auténtico era aquello, el dolor de la muchacha olvidada de lo que se debía a sí misma por una serie de convencionalismos, olvidada de las apariencias y convirtiéndose por ello en la criatura eterna, a la que en ese exclusivo minuto yo no era digno de besar el polvo en que pisara.

De pronto se apartó. Dijo:

—No, no es posible esto. Mañana tenemos que vernos.

Y no nos vimos una vez, sino muchas. Ella escarbaba en mi mentira que era la verdad de otro, y en el relato yo no podía contradecirme.

Paseaba por los jardines con la deliciosa criatura. Con su sombrilla gris, abría surcos en la arena y bajo el liviano tejido de su sombrero de paja, sonreía como una convaleciente. Olvidado de todo, hablábamos de las montañas que yo no había visto nunca, y de los acantilados que están a la orilla del mar (porque yo no lo sabía), y donde el hedor de las algas hace, a la atmósfera fría de hielos, penetrante como debe de ser al otro lado del planeta.

Conocía las lejanas tierras del Sur, la soledad de los faros, la tristeza de los crepúsculos violetas, el tedio horrible de la arena que en las dunas levanta siempre el viento. Y, mientras escuchaba a Ester Primavera, mi breve felicidad se hacía más intensa que un sufrimiento, ya que aquél era un amor sin esperanza. Y Ester Primavera comprendía lo que en mí ocurría, y para que no me olvidara nunca de ella, y para que recordara siempre esos transitorios momentos, los adornaba de una delicadeza de palabra e infantilidad infinitas, de manera que parecía inconcebible tanta voluntad de terminar bajo una apariencia tan frágil y dulce.

Un día nos despedimos definitivamente. Se le llenaron los ojos de lágrimas.

Bronca suena la guitarra entre las manos del pardo Leiva. Sacco ceba mate. La montaña negra exhala un hálito salvaje de monstruo que respira lentamente. Más allá están las ventanas iluminadas de todos los pabellones. A la luz de un foco, por el sendero enarenado, pasa un enfermero, con el delantal blanco inflado por el viento. Lleva en la mano una bolsa de oxígeno.

Paya, sentado a la orilla de la cama de Leiva, fuma lentamente. Ninguno habla, sino que escucha el tango, un tango que orillea el callejón de la muerte en el cuerpo de una mujer que vuelve de la calle.

De pronto el muchacho judío se despierta despavorido. Desgreñado, apoyada la espalda en el respaldar, tose continuamente.

—Hay mucho humo —dice Leiva.

—Sí, mucho.

Paya abre la ventana y una ráfaga de aire helado atorbellina un instante la neblinosa atmósfera. El muchacho judío tose continuamente, con el pañuelo apretado contra los labios. Después mira el pañuelo y sonríe con alegría. El pañuelo está blanco aún.

—¿No hay sangre?

El pelirrojo hace que no con la cabeza.

Esa es la obsesión nuestra. Y siempre nos consultamos.

No hay uno de nosotros que no sepa dónde está localizada su lesión y la del compañero. Nos auscultamos mutuamente. Hay algunos que tienen un «oído espantoso». Descubren antes que el médico esa especie de sibilante escape de viento que en un punto de la espalda o del pecho indica la grieta de la muerte.

Y hablamos de las evoluciones de la enfermedad con una erudición enfermiza. Hasta hacemos apuestas, sí, apuestas sobre los que están moribundos en las salas. Se juegan paquetes de cigarrillos para ver quién acierta la hora en que morirá uno que agoniza. Juego complicado y terrible, ya que a veces el moribundo no se muere, sino que «reacciona», entra en la convalecencia, se cura de la enfermedad y a su vez comienza a burlarse de los jugadores, y a entusiasmarse hasta el punto de buscar irónicamente otro «candidato» sobre quien apostar.

Y la vida y la muerte hay momentos en que nos parece que valen menos que la colilla del cigarrillo que fumamos tristemente.

Tan es así, que me digo que si no fuera por el recuerdo de Ester Primavera ya me hubiera matado. En medio de esta miseria, su nombre ate golpea mejillas como una ráfaga de viento caliente.

Ha dejado de ser la mujer que un día envejecerá y tendrá cabellos blancos, y la sonrisa cascada y triste de las viejas. Ligada a mí por el ultraje, desde hace setecientos días, vive en mi remordimiento como un hierro espléndido y perpetuo, y mi alegría es saber que cuando esté moribundo, y los enfermeros pasen a mi lado sin mirarme, la imagen desgarrada de la delicada criatura vendrá a acompañarme hasta que muera. Pero ¿de qué modo pedirle perdón? Y, sin embargo, hace setecientos días que pienso a toda hora en ella.

Envuelto en el sobretodo salgo a la galería, con una manta a cuestas. Cierto es que «eso» está prohibido, pero en un rincón de tinieblas me tiendo en una reposera. Tan oscuro está que el acre olor de los espinillos parece la voz de la tierra. Una masa oscura se levanta paralela a mi semblante: es la montaña. Muy lejos, inciertas como estrellas, un cordón de luces amarillas retícula la distancia en un plano hipotético. Son las calles de Ucul.

La carne se me endurece sobre los huesos, ¡tanto frío hace! Descienden copos de nieve.

Parecen plumas que giraran sobre sí mismas. Y yo pienso:

—¿Por qué fui tan canalla con esa criatura? —Y nuevamente recaigo en el grosero recuerdo.

Un mes después que todo había terminado entre nosotros, la encontré por la calle, en compañía de un individuo. El cual era chiquitín, tenía facha de jefe de oficina, bigotes de gato y cara amulatada. Ella me dirigió una mirada irónica como diciéndome: «¿Qué le parece el tipo?», y yo permanecí durante un cuarto de hora en la esquina, abriendo la boca... Pero ¿tenía derecho a indignarme? ¿No me había dicho ya: «Me casaré con el primero que venga y demuestre quererme un poco?».

¿Y esa mirada irónica había brotado de sus ojos que antes miraron llorosos? ¿Era posible eso? Un rencor «frío», una de esas rabias ensordecidas por la ferocidad latente en todo hombre y que sólo se componen de acción inmediata, me llevó hasta un café. Pensaba que tenía que borrarla de mi vida, terminar por crearle una situación que hiciera imposible una nueva amistad entre nosotros.

Que ella me tuviera tal aborrecimiento que, en el futuro, aunque me arrodillara a su paso, fuera inútil en mí toda humillación. Yo sería el único hombre a quien odiaría con paciencia de etdadidad*.

Entonces pedí recado de escribir y redacté la carta más infame que nunca haya salido de entre mis manos. Mi ferocidad y mi desesperación acumulaban ultraje sobre ultraje, tergiversaba hechos que ella me había narrado, exaltaba detalles de su vida que sugerirían a un tercero que no conociera nuestras relaciones, la idea de una intimidad que nunca había existido, y limaba los insultos para hacerlos más atroces e inolvidables, no con palabras groseras, sino escarneciendo su nobleza, retorciendo sus ideas, abochornándola de tal forma por su generosidad que de pronto pensé que si ella pudiera leer esa carta, se arrodillaría ante mí para suplicarme que no la enviara. Y, sin embargo, era inocente.

---

* Et Dalida fue una cantante, actriz, bailarina, productora, modelo y presentadora de televisión egipto-francesa.

Y como sabía que en ese momento no se encontraba en su casa y sí en la calle conversando con otro, se la envié en la certeza de que la recibiría la madre o el hermano, que no podrían dudar de lo que estaba allí escrito, pues las citas se referían a sucesos que sólo por ella yo podía conocer.

Llamé a un chico lustrabotas y le ofrecí un peso para que llevara la carta, le advertí que golpeara ruidosamente las manos, para que la sirvienta no secuestrara la carta, ya que en la casa no dejarían de preguntar quién era el que tal escándalo hacía en la puerta, y el muchacho, después de abandonar el cajón al pie de la mesa, desapareció en la calle sombreada de acacias, dando grandes saltos.

—Ya está hecho —me dije.

Sin embargo, no sabía lo que ocurría en mí. Un reposo nuevo aplomaba mis nervios. Volvió el lustrabotas, y por la filiación que me dio del que había recibido la carta, reconocí en el hombre al hermano. Le di el peso y se fue.

Yo tomé por una calle. Caminaba tranquilo, observando las manchas en los umbrales, el verdor de los jardines, hasta que me detuve para levantar a una criatura que, al salir corriendo de un zaguán, tropezó, cayendo. La madre de la criatura me dio las gracias. Caminaba tranquilo, como si mi personalidad fuera ajena a la infamia. Sin embargo, había ocurrido algo tan enorme e imposible de remediar como la marcha del sol o la caída de un planeta. Y sólo violentando la imaginación pude imaginarme la llegada del zarrapastroso golpeando desaforadamente las manos, y el asombro de toda esa gente al recibir para una hija semejante...

Y no podía menos de reírme, pues el sueño me había cogido como un engranaje. Me imaginaba a un caballero esgrimiendo la carta entre interrumpidos ensayos de moral doméstica y ciceronianos denuestos truncados por el desvanecimiento de la madre, las hermanas llorando ante una posible catástrofe, el hermano interrogando a gritos a la mucama sobre mi filiación para poder apalearme, la sirvienta espantada avizorando la llegada de la «niña» y murmurando entre dientes:

—¡Cómo suceden las cosas, Dios mío! —mientras que la cocinera se regodeaba entre las cacerolas, gozando el chisme que a la noche le contaría a su marido, elogiando, en tanto, la moral de los pobres y diciendo con grotesca suficiencia, al par que colgaba una sartén—: Ah, no, más vale ser pobre y honrada...

Mis carcajadas estallaban tan sonoramente en la calle, que los transeúntes se detenían para mirarme, convencidos de que me había vuelto loco, y un vigilante terminó por acercárseme y preguntarme:

—¿Qué le pasa, amigo...?

Lo miré insolentemente, y le respondí que ante todo no era amigo suyo y después:

—Cómo, ¿está prohibido reírse de lo que uno piensa?

—No era para ofenderlo, señor.

Luego el delirio pasó. Nada podía detener lo hecho.

Llegó la noche, y yo sabía que ella estaba allá, sufriendo.

A través de los días supe de todos los remordimientos. Me la imaginaba a Ester Primavera al caer de la tarde, sola en su dormitorio. La pálida criatura, apoyados los brazos en el rectangular respaldar de bronce de su cama y mirando las almohadas, pensaría en mí. Y se preguntaría: «¿Es posible que me haya equivocado tanto? ¿Es posible que se encierre tal monstruo en ese hombre? Pero ¿entonces todas las palabras que dijo son mentiras, entonces toda palabra humana es mentira? ¿Cómo es que no he visto la falsedad en su rostro y en sus ojos? Y ¿cómo pude hablar yo de mí? ¿Cómo pude expresarle tantas situaciones sinceras, darle mi yo más puro sin que se conmoviera? Pero entonces, él ha sido el más encanallado de los hombres que he conocido. ¿Por qué fue así?».

Nunca la vi como entonces, tan triste en mi recuerdo. Me parecía que todos sus sueños levantados como esbeltos paralelepípedos en el aire luminoso de la mañana se desmoronaban cubriéndola de polvo terreno.

Y a medida que reconstruía todas las penas que ella sufriría por mi culpa, desde lejos me sentía ligado a su substancia, y si en aquellos instantes Ester Primavera se acercara a mí para matarme, yo no me habría movido.

Cuántas veces pensé en aquellos días en la delicia de morir en sus manos. Porque yo había creído que con la terrible infamia la limaría de mi conciencia y que nunca su pálida carita estaría en mí, pero me equivoqué. Con la cruel ofensa la coloqué en mis días más inmóvil y firme que una espada que me atravesara perpendicularmente el corazón. Y a cada latido el tajo profundo se ensancha en lento desgarramiento.

Y durante un tiempo las noches y los días voltearon sus aspas en mis ojos como si estuviera ebrio.

Muchos meses después la encontré...

Caminaba yo con la cabeza inclinada, cuando instintivamente la levanté. En mi dirección, Ester Primavera cruzaba la calle, venía hacia mí. Pensé:

—Ah, qué feliz sería si me diera una bofetada.

¿Adivinó ella lo que sucedía en mí?

Rápidamente, moviendo apenas los hombros, el semblante desgarrado, la mirada fija, avanzaba hacia mí. El vestido negro se atorbellinaba en torno de sus piernas ágiles. Un bucle de cabellos le dejaba libre la sien, y le ceñía la garganta una corta piel negra.

Sus pasos se hacían cada vez más lentos. Me miró con silencio de alma. Yo era quien tanto la había hecho sufrir... De pronto ella estuvo a un paso... era la misma que estuvo un día junto a mí, la que hablaba de la montaña, del océano y de los acantilados... Nuestros ojos se encontraron más cercanos, había en su cara una claridad lunar, la arruga fina del sufrimiento le cruzó la frente... se encresparon sus labios, y sin decir palabras, desapareció.

Hace setecientos días que pienso en ella. Y siempre por escribirle desde este infierno para pedirle perdón.

La nieve cae oblicuamente. En la oscuridad avanza un enfermero. De pronto en su mano derecha centellea el foco de la linterna eléctrica. Me enfoca en un cono blanco de resplandor, y secamente me dice:

—Siete, vaya a «acostarse».

—Ya voy.

Hace setecientos días que pienso en ella. La nieve cae oblicuamente. Dejo la reposera y me encamino al pabellón. Pero antes de llegar tengo que rodear una baranda que mira hacia el sur. Allá, a ochocientos kilómetros está Buenos Aires. La noche infinita ocupa un espacio de desolación. Y yo pienso:

—Ester Primavera.

YO NO SÉ SI SOY ELLA

Fred detuvo, asombrado, la mirada en un grabado de la revista, cuyo idioma no entendía. Greta Garbo, mirándose en un espejo, con la mano derecha inmovilizaba el cepillo con que se lavaba los dientes. A los costados de la fotografía, un pomo de piel de estaño derramaba un lago rosa de pasta dentífrica: Crystaldent.

La actriz, envuelta en una velluda robe de chambre, volvía la cabeza sonriendo con sus labios de pétalos de orquídea. Fred permaneció un instante inclinado sobre la revista norteamericana, luego, sentándose en la orilla de la cama, pensó:

«Es absurdo que Greta Garbo se preste para prestigiar la publicidad de una pasta dentífrica. Ninguna actriz que se respete llegaría a ese extremo. Salvo que haya tenido apuros de dinero. Pero ¿en qué se gastará lo que gana? Sin embargo ¿quién se salva de cometer actos estúpidos? Si yo, hace tres años, como pensaba, me hubiera puesto a estudiar inglés, mi situación sería algo distinta».

Acercó más la cabeza al grabado. Indudablemente, la joven de la pasta dentífrica era Greta Garbo. Levantó los ojos para comparar la imagen del magazine con una fotografía que él había clavado al muro hacía mucho tiempo. Era ella, con su cabellera de vidrio rubio, los párpados entornados, los ojos vueltos a la altura, los labios como pétalos de orquídeas, con el resorte de los besos roto para siempre, como si pretendiera en un anhelo inextinguible, beber los goces que soplan las brisas en todas las direcciones del mundo.

Se repitió:

«Sufriría estrecheces económicas. Pero es absurdo. Quizás, en un momento oportuno, llegó una mañana un agente de publicidad, uno de esos promotores joviales que, ofreciendo gruesos cigarros, lanzan al mismo tiempo una máxima de comprensión fácil. Le habrá dicho:

—¿Qué le ocurre, miss Greta? Pose para Crystaldent. ¿Cien mil dólares? ¿All right?».

Retirándose de la mesa, Fred se apoltronó en un rincón de la cama. A pesar del orden, su cuarto daba la sensación de estar desmantelado. Observó de reojo el retrato de la actriz, clavado al muro, ensombrecido en las partes negras, y donde el hiposulfito del baño, que comenzaba a descomponerse, amarilleaba los claros, y se preguntó por centésima vez:

—¿Qué hombre podrá ser amante de una mujer así? En ella todo es comedia.

Donde ocurre algo extraordinario.

—¡Comedia en mí! —repitió una voz.

Fred levantó precipitadamente los párpados.

La revista había caído al suelo. De las páginas abarquilladas, los planos de una vestidura vertical subían en el aire, como los faralaes de humo de un vestido astral. Sobre la gorguera blanca del vestido de raso negro florecía una adorable cabeza.

La reconoció inmediatamente. Era ella, con un gorrito de castor que dejaba escapar unos rizos anillados tras los lóbulos de las orejas. Entre las flores de sus pestañas, miraba al hombre del cuarto con una ligera horqueta de arruga en la frente, mientras que Fred, las manos apoyadas en el canto de la mesa, se inmovilizaba en su estupefacción. Greta Garbo sonreía descubriendo los dientes, los ojos verdegrises iluminados como por los residuos de un sol de viaje.

Fred repuso, sin saber lo que decía:

–No hable tan alto. La dueña de casa duerme en el cuarto de al lado. Es una vieja perversa.

Ella aún no había pronunciado una sola palabra.

Le miraba seria. Parecía encontrarse en una estepa de nieve. Fred recordó involuntariamente a Ana Karenina. La mujer giró bruscamente sobre sí misma y se detuvo frente a su fotografía, clavada burdamente al muro. Fred adivinó su pensamiento y trató de disculparse.

—Nunca he tenido suficiente dinero para comprarle un marco adecuado.

La actriz levantó la almohada. Fred, sonriendo, prosiguió mirando cómo ella la dejaba caer.

—Es un buen sistema para descubrir si las camas están limpias. Los insectos experimentan debilidad por las almohadas.

Por fin ella habló:

—¿Así que usted vive aquí?

—Esto es más siniestro que una cárcel ¿no?

—Sí.

Ahora ella había abierto la puerta del ropero. Curioseaba el interior, al tiempo que su cuerpo se balanceaba ligeramente, como si sobrellevara el recuerdo aun reciente de una danza agradable.

—Todos estos trajes son de invierno —comentó Fred—. Además, están apolillados.

Greta Garbo miraba alrededor.

—¿Busca sillas? –Señaló la suya—. Es la única que hay… La dueña de la casa es una mujer mezquina.

Súbitamente, la voz enronqueció en el fondo de su garganta. Sus palabras brotaron más adentro y pensó:

«¿Es posible que no tenga nada que decirle? ¡Ahora que está aquí!».

Su voz, cuando habló, revelaba tal sufrimiento que la mujer del norte quedó inmóvil frente al ropero, con la espalda reflejada en el espejo.

—Esto es maravilloso y tristísimo —prosiguió Fred—. Usted, la mujer que suscita un sobrecogimiento en las multitudes de espectadores está aquí. Aquí, con su cuerpo terrestre, con su rostro imposible de concebir junto al nuestro.

Salió de la silla, y tomándola de un brazo la hizo sentar a la orilla de la cama. Como al borde de un sueño, repreguntó:

—¿Será posible?

Greta Garbo miraba la punta de su zapato de raso.

—Estás aquí, humilde y triste como Susan Lenox, como Anna Christie, como la dolorosa amante de *Inspiración*. Y yo no sé qué decirte. Volcaría en tus oídos palabras maravillosas, ahora sé que las palabras devienen maravillosas cuando se dirigen a un fantasma, no a una mujer de carne y hueso. ¿Me escuchas?

Con las piernas cruzadas, apoyada en el respaldar de la cama, la mujer de cabello de cristal permanecía fría y distante.

Fred prosiguió:

—Me miras como un gato que ha robado un pescado ¿no? No me importa. ¿A qué has venido? Tu clima es otro, yo no entiendo tu idioma. Te detesto. Esa es la verdad. Te detesto. No conozco a uno solo de tus admiradores que no tenga hambre de tu amor. Pero no para gozar de él, que eres flaca, huesuda e histérica, sino para tener la compensación de humillarte, el gusto de aplastarte. Con esa única moneda podríamos cobrarte la amarga admiración que sembraste en el corazón de todas las mujeres.

Greta Garbo lo escuchaba como si estuviera asomada al borde de un precipicio, con la sombra de una montaña en el rostro y a las espaldas un viento frío.

El recuerdo removía en Fred magnitudes de odio.

—¡Oh, ya sé! Si cualquiera te pudiera contemplar en este mísero cuarto de pensión, frente a estas fotografías manchadas por las moscas, con tu aspecto de viajera cansada, te compadecería.

Caminaba él lentamente de un punto a otro de la habitación.

—Ya lo sé. Te compadecerían. Correrían a ofrecerte un vaso de limonada, a cambiar las sábanas. Pero ¿por qué te estás con la cara caída hacia el suelo, Greta? ¿Es por humildad? No, no es por humildad. Se trata, simplemente, de que conoces la mecánica del odio, y esperas que la ráfaga de aborrecimiento se deshaga en el aire. Cuando yo haya derramado a tus pies todos los resentimientos que fermenta mi indignación, y esté agotado mi furor, levantarás el rostro, y tus brazos frescos y perezosos caerán sobre mis hombros. Así lo has hecho con los otros, y por eso te odio, porque nuestros rencores se derriten como la nieve sobre la flor de tus labios.

La actriz no levantó los párpados. Miraba la punta de sus zapatos. Permanecía allí, triste, como al borde de un precipicio, en cuyas profundidades corriera un riacho negro.

Fred avanzó hacia ella, y dijo en voz baja cual si le comunicara un secreto:

—¡Hipócrita… la más hipócrita y pérfida de todas las mujeres! ¡Provocadora! ¿Comprendes ahora por qué ellas corren como a un mercado a decorar por unas monedas las peripecias de tu existencia de celuloide? Porque, en cada uno de esos turbios episodios, ya seas meretriz, espía o demimondaine, ellas descubren las arterías de su propia vida. Por eso te aman y te exaltan. No podía ser de otra manera. Al final de cada aventura corre a tu encuentro un desdichado radiante que, cara al sol, convierte en éxtasis su ignominia, exclamando:

—«¡Te doy las gracias, oh, Dios, de amar y poder recibir como una limosna la mirada de esta mujer que arrastró por los tugurios su belleza inmortal! ¿Te das cuenta, Greta? ¡Has tenido la virtud de trasmutar en belleza la basura del mundo! ¿¡No me contestas!? ¡Es claro! Resulta mucho más cómodo».

Fred encendió un cigarrillo y contempló, por breves instantes, cómo se apagaba en el espejo la llama del fósforo.

—Y, sin embargo, hay ilusos que creen en eso, ¡en tu amor…! Sin darse cuenta de que jamás podrás amar a nadie, como no sea a tu éxito. Fuiste siempre tan rabiosamente egoísta, que el pecho se te ha quedado vacío de sentimientos. No me extraña que termines prestigiando un dentífrico. ¡Oh! Esto sí que es ridículo. Ridículo y espantoso.

Eres egoísta y dura como la mala piedra contra la cual uno se hiere los pies en el camino. Tu codicia y la violencia de los gestos, y la falsa fiebre de tus ojos, con pestañas también falsas, y los desgarrados labios que se han quedado flojos e inertes de besar tantas bocas sin besos, se traducen en pieles, en collares, en viajes largos como sueños y en aplastamientos de corazones simples. Te has convertido en símbolo del siglo, Greta. Por eso merecerías morir apedreada en la orilla del mar, para que las aguas te purificaran. Aunque no… Esa sería una muerte demasiado dulce para ti. Debían amarrarte a un poste, sobre un monte de leña seca, y como a las brujas de otros tiempos, quemarte viva. Y entonces, tus cenizas quedarían limpias.

Calló el hombre y, sentándose junto a la mesa, cargó la frente sobre los dedos de una mano.

La actriz desvió un bucle de sus sienes, avanzó hacia él, y de pie, inclinada sobre su hombro izquierdo, le habló como a un antiguo amigo:

—Todos los hombres que cayeron a mis pies y exclamaron: «¡Te doy las gracias, oh, Dios, de amar y poder recibir como una limosna la mirada de esta mujer que arrastró por los tugurios esta belleza inmortal!», todos los hombres que yo enlacé por el cuello y apoyé amorosamente en mi cuello, todos los hombres, Fred, cuyas afiebradas frentes se enfriaron al roce de mis labios, me dijeron también esas palabras que tú pronuncias: que merecía ser apedreada o quemada viva. ¿Comprendes ahora? Y en este odio inextinguible hacia mí, radica mi grandeza. Este odio es mi esquiva belleza. No he conocido uno solo de los que bebió en mi boca, como en una taza de seda, los besos que evaporan el cerebro, que no haya querido destrozarme entre sus uñas, carbonizarme con un beso maldito. ¿Te das cuenta ahora, qué grande es tu amor, tesorito mío?

Fred protestó rabiosamente.

—No me llames tesorito…

Luego, sin poder contener una sonrisa, murmuró:

—Esto sí que es bueno.

La mujer del Norte también sonrió:

—Por otra parte, yo no soy Greta Garbo.

Coincidencias apropiadas para cuentos, pensó.

—¿Usted no es Greta Garbo? ¿Y entonces?

—Soy la muchacha del aviso.

—Pero es idéntica a ella.

—Tan semejante, que a veces dudo si no soy la otra.

—Realmente, esta es una coincidencia apropiada para un cuento.

—¿Le molesta?

—¡Oh, no! De ninguna manera. ¿Cómo podría incomodarme semejante prodigio?

A su vez, ella se paseaba ahora por el cuarto, lanzando al aire los espirales del cigarrillo que fumaba.

—Un comerciante me descubrió el parecido con la actriz. Me contrató para su mostrador. En un mes las entradas aumentaron en un treinta por ciento. Cuando quiso prolongar el contrato, una casa de modas me ofreció veinte veces más que él. Trenes, entrevistas con managers… mi carrera ha sido rápida, prodigiosa. Tengo contratos con usinas de productos químicos, con cadenas de grandes hoteles. Un balneario arruinado me contrató por una temporada, y la publicidad, hábilmente organizada, lanzó torrentes de viajeros a la playa desierta.

—¿No intentó el cine?

—¡Jamás…! Algunos gerentes de compañías me entrevistaron. Me negué en absoluto. ¿Para qué? Mi éxito es que tenga éxito. Ella.

—¿Ni la vanidad la tentó?

—¿Para qué la vanidad? He terminado por no saber si yo soy yo o ella. En mi guardarropa tengo toda la colección de trajes que ha usado Greta para filmar sus distintas películas. Adrián, el modisto de Hollywood, siempre me envía una copia de los modelos destinados a Ella. Como a Greta, me han fotografiado entre grupos de niñitas rubias con ramos de flores; como a Greta, me han fotografiado entre tahúres, ex hombres, marineros, traficantes de caucho, aventureros; como a Greta, los diarios me han reproducido pescando, jugando en la nieve, mirando, desolada, desde la borda de un navío, la costa que se difumina en el horizonte... He terminado por confundirme; no sé si yo soy ella. A veces me parece que sí... que soy Greta Garbo, en uno de esos ataques de neurastenia que, semejantes a la neblina, velan los contornos de los sucesos reales.

—¿Y Ella... la auténtica...?

—No sé... no quiero verla, no quiero saber nada de ella como mujer viviente. Dicen que sus pestañas son postizas, que sus pies son grandes, y su falta de inteligencia, mucha. Nada de eso me atañe ni me importa. Yo soy Greta; la Greta perfeccionada y filtrada a través del arte de los modistos, de los expertos de laboratorios fotográficos y de los fabricantes de pastas dentífricas. Y me basta.

—Sí, puede ser suficiente.

Fred observaba el perfil de la mujer, el corte de la nariz, el ceño enérgico, los labios como rozados por una ráfaga de éter. Ella continuó:

—¡Qué me importa todo! ¡Me han querido tanto! ¿Lo sabes, hombre del cuarto de pensión? ¡Todos! Como si fuera ella. Y entonces, lo soy. Me han amado largamente. Los empleados que tienen una mujer desagradable; los solitarios, aquellos que cruzan el mar huyendo de una quiebra fraudulenta, los estafadores, los imaginativos. Ninguno quiso descubrir en mí a la mujer que hace la publicidad de un modelo de Gaster o de los perfumes de Nieber. Yo y la Otra nos hemos confundido en un único sueño. Y nos han amado todos, ¡hasta las mujeres!

Hablaba nuevamente, como si estuviera sentada al borde de un precipicio, con la sombra de una montaña en el rostro y a las espaldas un viento frío de distancia.

—¡Ser amada! ¿Sabes por qué me he desprendido de la página de la revista, hombre del cuarto de pensión? Porque tu amor me llamaba. ¡Sí, querido mío! ¡Tu gran amor! Te has pasado horas y horas, recostado al pie de la cama, mirándome a los ojos. Y cuando te decías: «Yo no podría quererla nunca», era porque sabías que yo, o ella, o nosotras dos, no llegaríamos jamás hasta aquí, a tu lado. Y ahora, permíteme darte un beso.

Apoyada como estaba a la orilla de la mesa, se corrió a su centro. Fred levantó el rostro y aproximó la boca. Los pétalos de carne se adhirieron lentamente a los suyos, su alma era bebida entre un suspiro que se retenía con el hervor del corazón. El salado olor del mar cubría sus cabezas, los grandes ojos estaban tan cerca de los suyos, que él sintió que se perdía en ellos. De pronto un estrépito terrible resonó cerca de él, vio cómo la figura de la mujer se empequeñecía, hasta que al final una diminuta muñeca penetró entre las hojas de la revista, y entonces levantó la cara con sueño y sufrimiento. Un deleite se le había muerto.

CONVERSACIONES DE LADRONES

A veces, cuando estoy aburrido, y me acuerdo de que en un café que conozco se reúnen algunos señores que trabajan de ladrones, me encamino hacia allí para escuchar historias interesantes.

Porque no hay gente más aficionada a las historias que los ladrones.

¿Este hábito provendrá de la cárcel? Como es lógico, yo nunca he pedido determinadas informaciones a esta gente que sabe que escribo, y que no tengo nada que ver con la policía. Además, que el ladrón no gusta de ser preguntado. En cuanto se le pregunta algo, tuerce el gesto como si se encontrara frente a un auxiliar y en el despacho de una comisaría. Yo no sé si muchos de ustedes han leído *Cuentos de un soñador* de Lord Dunsany. Lord Dunsany tiene, entre sus relatos maravillosos, uno que me parece viene a cuento. Es la historia de un grupo de vagabundos. Cada uno de ellos cuenta una aventura. Todos lloran menos el narrador. Terminado el relato, el narrador se incorpora al círculo de oyentes; otro, a su vez, reanuda una nueva novela que hace llorar también al reciente narrador.

Bueno, el caso es que entre los ladrones ocurre lo mismo. Siempre es a la una o a las dos de la madrugada. Cuando, por A o por B, no tienen que trabajar, es casi siempre en un período de vida en que anuncian un formal propósito de vivir decentemente. Aquí ocurre algo extraño. Cuando un ladrón anuncia su propósito de vivir decentemente, lo primero que hace es solicitar que le «levanten la vigilancia». En este intervalo de vacaciones prepara el plan de un «golpe» sorprendente. La policía lo sabe; pero la policía necesita de la existencia del ladrón; necesita que cada año se arroje una nueva hornada de ladrones sobre la ciudad, porque si no su existencia no se justificaría.

En dicho intervalo, el ladrón frecuenta el café. Se reúne con otros amigos.

Es después de cenar. Juega a los naipes, a los dados o al dominó. Algunos también juegan al ajedrez.

El comisario Romayo me enseñó una vez el cuaderno de un ladrón, en cuya casa acababa de hacer un allanamiento. Este ladrón, que trabajaba de carrero, era un ajedrecista excelente. Tenía anotados nombres de maestros y soluciones de problemas ajedrecísticos resueltos por él. Este asaltante hablaba de Bogoljuboff y Alekhine con la misma familiaridad con que un «burrero» habla de pedigrees, aprontes y performances.

A la una o las dos de la madrugada, cuando se han aburrido de jugar, cuando algunos se han ido y otros acaban de llegar, se hace en torno de cualquier mesa un círculo adusto, aburrido, canalla. Círculo silencioso, del cual, de pronto, se escapan estas palabras:

—¿Saben? En Olavarría lo trincaron al Japonés.

Todos los malandras levantan la cabeza. Uno dice:

—¡El Japonés! ¿Te acordás cuando yo anduve por Bahía Blanca? Las corrimos juntos con el Japonés.

Ahora el aburrimiento se ha disuelto en los ojos, y los cogotes se atiesan en la espera de una historia. Podría decirse que el que habló estaba esperando que cualquier frase dicha por otro le sirviera de trampolín, para lanzar las historias que envasa.

—El Japonés. ¿No era el que estuvo en…? Dicen que estuvo en el asalto con la Vieja…

Uno me mira a mí.

—Son «mulas de investigaciones». ¡Qué va a estar en el asalto!

—Cierto es que si usted de noche se lo encuentra al Japonés…

—Mira, che. El Japonés es como una niña de educado.

Estalla una carcajada, y otro:

—Será como una niña, pero te lo regalo. ¿De dónde sacas que es como una niña?

—Cuando yo tenía dieciséis años estuve detenido con él, en Mercedes… Era como una niña, te digo. Venían las señoras de caridad, nos miraban y decían: «¡Pero es posible que esos chicos sean ladrones!». Y me acuerdo de que yo contestaba: «No señoritas, es un error de la policía. Nosotros somos de familia muy bien». Y el Japonés decía: «Yo quiero ir con mi mamita…». Si te digo que es como una niña.

Estallan las risas, y un ladrón me toma del brazo y me dice:

—Pero no le crea. Usted ve la jeta que tengo yo, ¿no? Bueno. Yo soy un angelito al lado del Japonés. Pero mire: lo encuentra al Japonés un «lonyi», y de sólo verlo, raja como si viera la muerte. Y éste dice que era una niña… Yo me acuerdo de una quesería que asaltamos con el Japonés… Nos llevamos como doscientos quesos en un carrito. ¡El laburo para venderlos…! ¡Y el olor! Si se seguía la pista con solo olernos…

Otro:

—Lo que es ahora el oficio está arruinado. Se han llenado de mocosos batidores. Cualquier gil quiere ser ladrón.

Yo miro, reflexiono y digo:

—Efectivamente, ustedes tienen razón; ladrón no puede ser cualquiera…

—¡Pero claro! Es lo que digo yo... Si yo me quisiera meter a escribir sus notas, no las podría hacer. ¿No...? Y así es con el «oficio». A ver, dígame, ¿cómo haría usted para robarle ahora al patrón que está en la caja...? Vea que el cajón está abierto...

—No sé...

—¡Pero amigo! ¡Que no se diga! Vea; se acerca al mostrador y le dice al patrón: «Alcánceme esa botella de vermouth». El patrón ladea el cuerpo para ese lado del estante. En cuanto el hombre está por retirar la botella, usted le dice: No, esa no: la de más arriba. Como el trompa está de espalda, usted puede limpiarle la caja. ¿Se da cuenta...? —Yo me admiro convencionalmente, y el otro continúa—: ¡Oh! Eso no es nada. Hay «trabajos» lindos... limpios... Ese del robo de la agencia Nassi... Esa es muchachada que promete...

—¿Y el Japonés? Me acuerdo: veníamos una vez en el tren... íbamos para Santa Rosa...

Son las tres de la madrugada. Son las cuatro. Un círculo de cabezas... un narrador. Dígase lo que se quiera, las historias de ladrones son magníficas; las historias de la cárcel… Cinco de la madrugada. Todos miran sobresaltados el reloj. El mozo se acerca somnoliento y, de pronto, en diversas direcciones, pegados casi a las paredes, elásticos como panteras y rápidos en la desaparición, se escurren los malandrines. Y de cinco de ellos, cuatro tienen pedido levantamiento de vigilancia. ¡Para mejor robar!

LAS FIERAS

No te diré nunca cómo fui hundiéndome, día tras día, entre los hombres perdidos, ladrones y asesinos, y mujeres que tienen la piel del rostro más áspero que cal agrietada. A veces, cuando reconsidero la latitud a la que he llegado, siento que en mi cerebro se mueven grandes lienzos de sombra, camino como un sonámbulo y el proceso de mi descomposición me parece engastado en la arquitectura de un sueño que nunca ocurrió.

Sin embargo, hace mucho tiempo que estoy perdido. Me faltan fuerzas para escaparme a ese engranaje perezoso, que en la sucesión de las noches me sumerge más y más en la profundidad de un departamento prostibulario, donde otros espantosos aburridos como yo soportan entre los dedos una pantalla de naipes y mueven con desgano fichas negras o verdes, mientras que el tiempo cae con un gotear de agua en el sucio pozal de nuestras almas.

Jamás le he hablado a ninguno de mis compañeros de ti, ¿y para qué?

La única informada de tu existencia es Tacuara. Apretando en el bolsillo un rollo de dinero, entra a la pieza después de las cuatro de la madrugada. El pelo de Tacuara es lacio y renegrido; los ojos oblicuos y pampas; la cara redonda y como espolvoreada de carbón, y la nariz chata. Tacuara tiene una debilidad: la lectura de la «Vida Social», y una virtud, la de gustarle a los descargadores de naranjas y hombres de la ribera de San Fernando.

Ceba mate mientras yo, espatarrado en la cama, pienso en ti, a quien he perdido para siempre.

Lo dificultoso es explicarte cómo fui hundiéndome día tras día.

A medida que pasan los años, cae sobre mi vida una pesada losa de inercia y acostumbramiento. La actitud más ruin y la situación más repugnante me parece natural y aceptable. Me falta extrañeza para recordar los muros de los calabozos donde he dormido tantas veces.

Pero a pesar de haberme mezclado con los de abajo, jamás hombre alguno ha vivido más aislado entre estas fieras que yo. Aún no he podido fundirme con ellos, lo cual no me impide sonreír cuando alguna de estas bestias la estropea a golpes a una de las desdichadas que lo mantiene, o comete una salvajada inútil, por el solo gusto de jactarse de haberla realizado.

Muchas veces acude tu nombre a mis labios. Recuerdo la tarde en que estuvimos juntos, en la iglesia de Nueva Pompeya. También me acuerdo del podenco del sacristán. Empinando el hocico y el paso tardío, cruzaba el mosaico del templo por entre la fila de bancos… pero han pasado tantos cientos de días, que ahora me parece vivir en una ciudad profundísima, infinitamente abajo, sobre el nivel del mar. Una neblina de carbón flota permanente en este socavón de la infrahumanidad; de tanto en tanto chasquea el estampido de una pistola automática, y luego todos volvemos a nuestra postura primera, como si no hubiera ocurrido nada.

Incluso he cambiado de nombre, de manera que, aunque a todos los que pasan les preguntaras por mí, nadie sabría contestarte.

Sin embargo, vivimos aquí en la misma ciudad, bajo idénticas estrellas.

Con la diferencia, claro está, que yo exploto a una prostituta, tengo prontuario y moriré con las espaldas desfondadas a balazos, mientras tú te casarás algún día con un empleado de banco o un subteniente de la reserva.

Y si me resta tu recuerdo es por representar posibilidades de vida que yo nunca podré vivir. Es terrible, pero rubricado en ciertos declives de la existencia, no se escoge. Se acepta.

Estalló tu recuerdo, una noche que tiritaba de fiebre arrojado al rincón de un calabozo. No estaba herido, pero me habían golpeado mucho con un pedazo de goma y la temperatura de la fiebre movía ante mis ojos paisajes de perdición.

Grisáceo como el trozo de un film, pasaba el recuerdo del primer viaje que efectué a un prostíbulo de provincia, con Tacuara. Era la una de la tarde y un coche desvencijado nos llevaba por un callejón sombrío, acolchado de polvo. El sol centelleaba en el muro rojo del prostíbulo, y frente a la puerta de chapa de hierro engastada en la muralla de ladrillo había un pantano de orines y un poste para atar los caballos. El viento hacía chirriar en su soporte un farol de petróleo.

Nunca olvidaré. El macro judío me adelantó cincuenta latas sobre el trabajo de la mujer en la semana, y entonces marché a entrevistarme con el jefe político y el comisario… Estas iniquidades pasaban por mi memoria mientras estaba tendido en el piso de portland del calabozo. A momentos creía que iba a morir. Entreabría los párpados y distinguía murallas rodeadas de otros cercos por otros subsuelos, y durante un minuto, mi vida transcurrió en el espacio de un siglo en el fondo de los calabozos. Otros hombres, como yo, tenían los pulmones machucados a golpes de goma. Una cuña de gran sufrimiento me partió el cerebro, y más allá de la ferocidad de todos nosotros, oprimidos u opresores, más allá de la dureza de las grises piedras cuadradas, distinguí tu semblante pálido y la almendra aceituna de tus ojos.

Fue un martillazo en la sensibilidad. Nunca pude, despierto, imaginarme tu rostro con la nitidez que en la vorágine del delirio destacaba su relieve, luego la obsesión del castigo me volcó en la crueldad del interrogatorio. Me indagaban a golpes por el asesinato de una mujer con la cual nada tenía que ver.

Después salí. Más tarde me detuvieron otra vez. En la sombra me acompañaba tu recuerdo y en la vida, fiel como una perra, la mulata Tacuara.

¡Tacuara! ¿A dónde no habré ido con Tacuara?

Por ella conocí el asqueroso aburrimiento complicado con olores de polvo de arroz de los lenocinios de provincias, la regenta en chancletas cuidando un brasero que enceniza el piso de la sala, el mate que rueda lentamente entre las manos de diez rameras pitañosas, el viento que sacude la madera de los postigos porque los vidrios están rotos y se han sustituido los cristales con alambre de fiambrera, mientras llega desde afuera el ruido informe de un carro de ruedas gigantescas, cargado con una pirámide de bolsas de maíz, y el látigo chasquea junto a las orejas de los ocho caballos envueltos en grandes nubes de tierra amarilla.

Por Tacuara conocí los prostíbulos más espantosos de provincias. Aquellos en que la pieza no tiene cama, sino un jergón de chala tirado en el suelo de ladrillos, y mujeres con labios perforados de chancros sifilíticos. He comido sopa de locro y he bailado tangos más siniestros que agonía en salas tan inmensas como cuadras de un cuartel. Había allí bancos de madera sin cepillar y en los rincones, negras sosteniendo con un brazo a un recién nacido a quien amamantan con un pecho, mientras que para no perder tiempo con la mano libre le desprendían los pantalones a un ebrio rijoso.

¡A dónde no habré ido con Tacuara!

En su compañía he recorrido todo el sur de la provincia, Bahía Blanca, Marcos Juárez y Azul, después estuvimos en Rosario de Santa Fe, Córdoba, Río Cuarto, Villa María y Bell Ville.

Con el auxilio de los políticos, a veces fui timbero y otras, despaché chinchulines y parrilla criolla en bodegones montados a la orilla de establecimientos donde trabajaba con todos los hombres mi único amor.

Viajamos por agua.

Estuve en Paraná, Corrientes, Misiones. Pasé a Santa Ana do Livramento, Río Grande do Sul, San Pablo. En San Pablo, al expulsarme de la ciudad los carabineros, me tiraron encima de un vagón de carga y me rompieron tres costillas. Pasamos a Río de Janeiro, y Tacuara se inscribió en un prostíbulo de Laranyeiras. La casa de piedra mostraba en el frontín un mosaico con la Virgen y el Niño, y bajo el mosaico una lámpara eléctrica que iluminaba una garita abierta en la pared y entrelazada de perpendiculares barras de hierro a la altura de la cintura. En esta hornacina, tiesa como una estatua, de pie, Tacuara hacía cinco horas de guardia. A través de las rejas los hombres que le apetecían podían tocarle las carnes para constatar su dureza. En aquel barrio de mil prostitutas, y adornado de palmas y Cirios los días de Pascua, un retén de gendarmes, armados de carabinas, mantenían el orden para evitar que catangas y marineros se liaran a cuchilladas.

Volvimos a Buenos Aires.

Yo extrañaba mi calle Corrientes, y ella su dormitorio con olor a naranjas en la barrera de San Fernando, y el dulce y monótono zumbido de las sierras de las cajonerías para fruta del Delta.

Y así, fui hundiéndome día tras día, hasta venir a recalar en este rincón de Ambos Mundos. Aquí es donde nos reunimos Cipriano, Guillermito el Ladrón, Uña de Oro, el Relojero y Pibe Repoyo.

Por la noche llegan perezosamente hasta la mesa de junto a la vidriera, se sientan, saludan de soslayo a la muchacha de la victrola, piden un café y en la posición que se han sentado permanecen horas y más horas, mirando con expresión desgarrada, por el vidrio, la gente que pasa.

En el fondo de los ojos de estos ex hombres se diluye una niebla gris. Cada uno de ellos ve en sí un misterio inexplicable, un nervio aún no clasificado, roto en el mecanismo de la voluntad. Esto los convierte en muñecos de cuerda relajada, y este relajamiento se traduce en el silencio que guardamos. Nadie aún lo ha observado, pero hay días que, entre cuatro, apenas si pronunciamos veinte palabras.

De un modo o de otro hemos robado, algunos han llegado hasta el crimen; todos, sin excepción, han destruido la vida de una mujer, y el silencio es el vaso comunicante por el cual nuestra pesadilla de aburrimiento y angustia pasa de alma a alma con roce oscuro. Esta sensación de aniquilamiento torvo, con las muecas inconscientes que acompañan al recuerdo canalla, nos pone en el rostro una máscara de fealdad cínica y dolorosa.

¡Y qué prójimos los nuestros! ¡Qué historias las que pueden contar!

Por ejemplo… el negro Cipriano:

Es rechoncho como un ídolo de chocolate.

En otros tiempos trabajó de cocinero en un prostíbulo. Cuenta, y orgullosamente, que vestido de blanco le servía a una escogida concurrencia de rufianes y macrós un congrio aderezado en una bandeja de plata.

Aunque no lo diga, se enternece evocando los paisajes sonrosados.

Los ojos se le humedecen e inundan de venitas de sangre, y bien se comprende: siente nostalgia de los tiempos en que era confidente de la regenta. Ésta, con las tetas volcadas entre las puntillas de su peinador, prostituía menores de catorce años, para servirlas a la voracidad de terribles magistrados y potentados ancianos. Luego secreteaba con Cipriano cuanto había ganado, y el negro era feliz, se comprendía el hombre de confianza de la casa. No se llega impunemente a estas alturas. Con los achocolatados párpados entreabiertos y las quijadas apoyadas en los puños, Cipriano, como un yacaré que sueña con la manigua, persigue con ojos amarillos fabulosas memorias, fiestas de traficantes polacos y marselleses, rufianes grasientos como fardos de sebo, e implacables como verdugos.

Estos hombres tenían la piel del cogote más roja que el colodrillo de los pavos, y ricitos de oro se escapaban por los agujeros de las narices y las orejas.

Despreciaban profundamente los países donde medraban, les escupían en la cara a los empleados de policía inferiores, y compraban a los jefes políticos con cheques que firmaban guiñando un ojo socarronamente.

Cipriano sabe muchas cosas, y cuando se le apura, confiesa que nada le agrada tanto como violar a un muchachito, o acostarse con un marinero de la Martinica.

Y sin embargo sonríe con la ingenuidad de un monstruo jovial.

Nadie, viéndolo, pensaría que él, el cocinero de los prostíbulos era además el encargado de tatuarle con un látigo rayas moradas en las nalgas a las prostitutas desobedientes. Cuando recuerda a las mujeres que castigó, sonríe con dulzura de hipopótamo resoplando agua y barro en el cañaveral de una manigua.

Y más dulzura bondadosa encierra su sonrisa, al rememorar los menores que violó, dramas de leonera, un chico maniatado por cinco ladrones que le apretaban contra el suelo tapándole la boca, luego ese grito de entraña roto que sacude como una descarga de voltaje el cuerpo sujetado… y la fila de hombres, que, con los pantalones sostenidos con una mano, aguardan turno, mientras que el cuerpo del niño perforado por un dolor terrible se arquea y luego cae exánime.

Y si alguien, para mofarse, le pregunta qué es lo que prefiere, una muchacha o un ladroncito, Cipriano que se jacta de haber «desmayado grandes», entrecierra los ojos y hace rechinar los dientes. Como un cocodrilo adormilado en la marisma, apetece la inmundicia, y sólo cuando está muy contento dice algunas palabras en un dulce francés de la Martinica.

Por otra parte, es muy católico y siempre que pasa ante una iglesia se descubre respetuosamente.

Tosiendo penosamente se sienta algunas veces a nuestra mesa Angelito el Potrillo, ratero y tuberculoso.

Tiene treinta años de edad, de los cuales ha pasado diez en el cuadro quinto, cansado de repetir siempre la misma infracción inexistente «portación de armas».

Lo perdieron las malas juntas.

Cuando se enoja tartamudea. Con la visera de la gorra hundida sobre los ojos se sumerge en intrincados problemas de ajedrez, y se jacta de ser campeón de damas, y aunque ello es verosímil, para expresar sus ideas utiliza un procedimiento un poco absurdo. Por ejemplo, dice del Japonés, un ladrón oscuro y feroz, que siempre encuentra laudables pretextos para desenvainar el cuchillo:

—Es como una niña.

Indudablemente, resulta dificultoso comprender qué es lo que entiende por «una niña» Angelito el Potrillo.

Cuando Angelito está bien de salud y no se encuentra preso, desaparece durante un tiempo de la ciudad en compañía del Japonés. Recorren el interior explotando el cuento de «filo misho» y otros ardides más o menos sutiles, pues Angelito el Potrillo no es como aquellos perdularios que no practican sino su especialidad, sino que, a él, «le da tanto un barrido como un fregado».

Por ahora Angelito está muy débil y no viaja. Permanece horas y horas con una sien apoyada en el vidrio, mirando hacia la calle, y los pesquisas que pasan saben que él está enfermo, que no puede robar y no lo detienen. Incluso algunos lo saludan y Angelito hace un gesto ahuecado en sonrisa. Dice que «es un consuelo saber que se va a morir entre la consideración de la gente correcta». ¡No te diré como fui hundiéndome día tras día!

Ahora cada uno de nosotros lleva un recuerdo terrible que es una bazofia de tristeza. Ayer… hoy… mañana…

Hundiéndome día tras día.

Cómo explicar este fenómeno que deja libre la inteligencia, mientras los sentimientos embadurnados de inmundicia nos aplastan más y más en toda renunciación a la luz. Por eso la mala palabra nos muequea en la jeta, y para cada rostro de mujer la mano se nos crispa en una tentación de cachetada, porque junto a nosotros no se encuentra aquella, la preciosísima que nos destrozó la vida en una encrucijada del tiempo que fue. ¿Para qué hablar? Si todo lo dice el silencio de sombras que entolda el bar amarillo, donde se inclinan las cabezas que ya no tienen esperanzas terrestres. Fieras enjauladas, permanecemos tras los barrotes de los pensamientos residuos, y por eso es que la sonrisa canalla se despega tan dificultosamente del semblante encolado en una contracción de aburrimiento perrero.

Los días son negros, las noches más encajonadas que calabozos.

A veces pasa tu recuerdo por mi memoria como una estrella de siete puntas, y Tacuara como si adivinara tu tránsito celeste por mi vida, me examina rápidamente de pies a cabeza y me dice como si ella fuera mi igual:

—¿Qué te pasa? ¿Te duele el corazón?

Su ojo derecho se entrecierra casi, alarga el cuello, frunce los labios finos, y a medias torcida como si hubiera quedado desfigurada por una hemiplejía, me pregunta:

—¿Te acordás de ella?

No te diré cómo fui hundiéndome día tras día. Quizá ocurrió después del horrible pecado. La verdad es que fui quedando aislado.

Caminaba como antes por las calles, miraba los objetos que se exhiben en las vitrinas, y hasta me detenía sorprendido frente a ciertas ingeniosidades de la industria, más la verdad es que estaba horriblemente solo.

Alguna que otra vez sentía en mis mejillas el frío roce de un alma que me buscaba por la tierra con su pobre pensamiento encadenado. Un escalofrío se descargaba entonces a través de los intersticios de mis vértebras.

Luego la noche del pensamiento caía sobre mí y estuve mucho tiempo sumergido en el crepúsculo que ya no era terrestre, y tal como deben conocerlo aquellos que la medicina clasifica con el nombre de idiotas profundos.

Llegué así por descendimientos progresivos hasta la miseria de esta amistad silenciosa, en la que los infaltables son Uña de Oro, el Pibe Repoyo y el Relojero.

El Relojero no habla nunca. A lo más sonríe melancólicamente. De vez en cuando le suministra a su «señora» una paliza brutal, y si Guillermito el Ladrón le pregunta por qué le pega, el Relojero se encoge de hombros, sonríe dolorosamente y contesta después de rumiar largo rato su respuesta:

—Qué sé yo. Será porque estoy aburrido.

Guillermito cuida el físico, gasta reloj pulsera de oro, se da fomentos faciales y rayos ultravioletas, pero en la frente tiene el croquis de una arruga rápida, crispación que anticipa el gesto de echar la mano a la cintura para sacar el revólver y resolver un asunto de vida o de muerte. Jamás ha robado en la ciudad, y siempre conversa de instalar una timba. Aspira como yo lo fui en otros tiempos, a ser dueño de un recreo con parrilla criolla, pero aún no dispone del necesario capital y sus opiniones políticas no pueden ser más estúpidas.

Está con Yrigoyen y la democracia.

Uña de Oro seduce a las «loquitas» con su perfil de gavilán y los transparentes ojos verdosos y la crueldad felina de sus maxilares que acompañan el impulso de las sienes huidas hacia las orejas puntiagudas. Cuando está cansado apoya los brazos en la mesa, agacha la cabeza y se duerme en la turbamulta del café, con ronquido feroz.

¿Es necesario describir estas cosas simples, bestiales, primitivas?

Nos comunicamos con el silencio. Un silencio que se descarga en la mirada o en una inflexión de los labios respondiendo con un monosílabo a otro monosílabo. Cada uno de nosotros está sumergido en un pasado oscuro donde los ojos de tanto haber fijado, se han inmovilizado como los de cretinos que miran absurdamente un rincón sucio.

¿Qué miramos?

No te lo podría decir. Sé que por donde he ido me he acordado de ti, y que llegué a profundidades increíblemente tristes. Ahora mismo... cierro los ojos, como Uña de Oro cargo la frente sobre el dorso de las manos... pero no duermo. Pienso que es triste no saber a quién matar.

De pronto el choque del cubilete de los dados revienta en mis oídos como la descarga de un revólver, levanto la cabeza y revuelvo una saliva de veneno. La vida continúa siempre igual, adentro y afuera, y este silencio es una verdad, un intervalo donde descansa nuestra expectativa de una mala noticia, ya que es necesario aguardarla siempre; aguardarla siempre en el desconocido que entre inopinadamente al café o en el tembleoqueo de la campanilla del teléfono.

Jugando a los naipes o al dominó, volteando dados o una moneda, bajo la apariencia de olvido persiste una constante tensión nerviosa, una especie de «alerta está», vigilancia inconsciente, sobresalto imperceptible que mueve permanentemente los párpados y las pupilas, en un soslayar siniestro.

Ningún desconocido al entrar a este café escapa a ese examen, tendido en invisible abanico de noventa grados, sobre el círculo de los naipes o las geometrías blancas y negras de las fichas de dominó.

Cuando no se juega, los mentones descansan engastados en las palmas de las manos. El cigarrillo se consume lentamente en el vértice de los labios y entonces… cuando menos se espera aparece el sufrimiento sordo; una como nostalgia de las entrañas que ignoran lo que quieren, arruga las frentes, ¡ah! cómo explicar esta desesperación, nos lanzamos a la calle, vamos hacia los departamentos donde nunca falta una atorranta con la cual acostarse, y desfogar babeando en un mal sueño este dolor que no se sabe de dónde viene ni para qué.

Y es que todos llevamos adentro un aburrimiento horrible, una mala palabra retenida, un golpe que no sabe dónde descargarse, y si el Relojero la desencuaderna a puntapiés a su mujer, es porque en la noche sucia de su pieza, el alma le envasa un dolor que es como desazón de un nervio en un diente podrido.

Y cuando este dolor, que ellos ignoran con qué palabras se puede nombrar, estalla en un corazón, el que permanecía callado barbotea una injuria, y por resonancia los otros también responden, y de pronto la mesa que hasta ese momento parecía un círculo de dormidos se anima de injurias terribles y de odios sin razón, y sin saber cómo surgen agravios antiguos y ofensas olvidadas. Y si no llegan a las manos es porque nunca falta un comedido que interviene a tiempo y recuerda con melifluo palabrerío las consecuencias de la gresca.

Una fiesta que no hay dinero con qué pagarla, es la llegada de desconocidos y amigos perdidos a la mesa. Vienen del interior. Han estado robando en provincias. O purgando una pena en la cárcel. O estafando en los trenes.

Pero, tengan la cabeza rapada o melenuda, no importa: sus historias y su dinero bien valen la acogida que se les hace; y entonces por un minuto el mozo se soflama. Tal diversidad de bebidas solicitan los gaznates distintos. Una alegría espantosa estalla en el interior de cada fiera, y siguiendo el impulso de una vanidad inexplicable, de un orgullo demoníaco, se habla… Si se habla es de cacerías de mujeres en el corazón de la ciudad, su persecución en los clandestinos de extramuros donde se ocultan; si se habla, es de riñas con bandas enemigas que las han raptado, de asaltos, de emboscadas, de robos, escalamientos y fracturas. Si se habla es de viajes en transportes nacionales a «la tierra», si se habla es de la cárcel, de las eternas noches en la «berlina» (calabozo triangular donde el detenido no puede acostarse ni sentarse), si se habla es de los procedimientos de los jueces, de los políticos a quienes están vendidos, de los pesquisas y sus ferocidades, de interrogatorios, careos, indagatorias y reconstrucciones, si se habla es de castigos, dolores, torturas, golpes sobre el rostro, puñetazos en el estómago, retorcimiento de testículos, puntapiés en las tibias, dedos prensados, manos retorcidas, flagelaciones con la goma, martillazo con la culata del revólver… si se habla es de mujeres asesinadas, robadas, fugitivas, apaleadas…

Siempre los mismos temas: el crimen, la venalidad, el castigo, la traición, la ferocidad. Lentamente humean los cigarros. Cada frente crispa un mal recuerdo. En una distancia, luego sobreviene el silencio. Los desconocidos se marchan acompañados del camarada que los presentó.

Entonces las miradas recorren las mesas próximas, se detienen en la muchacha que atiende la victrola, estalla un comentario breve y cruel como un petardo, una sonrisa fría encrespa algún labio, ya que se sabe con quién está por caer la desgraciada, incluso el que la ronda ya ha anticipado el número de palizas que le suministrará, un fósforo crepita al encenderse entre dos dedos y el humo azulado sube despacio hacia el plafond.

¡Oh! cuántas, cuántas cosas se cuentan en pocas palabras en estas interminables noches negras.

Una vez es Guillermito, otras Uña de Oro. Uña de Oro, por ejemplo, cuenta cómo fue que una vez le atravesó con un cortaplumas la palma de la mano a una mujer.

Ella quería irse a vivir con él, y Uña le preguntó si estaba dispuesta a darle una prueba de amor, y cuando la meretriz le preguntó en qué consistía la prueba de amor, él le contestó: dejarse atravesar la mano con un cuchillo, y como ella accedió, le clavó la mano en la tabla de la mesa.

Relatos de esta índole son frecuentes, pero para qué criticar las ferocidades inútiles. Todos estamos conscientes que, en un momento dado de nuestras vidas, por aburrimiento o angustia, seremos capaces de cometer un acto infinitamente más bellaco que el que no condenamos. A decir la verdad, aploma a nuestras conciencias un sentimiento implacable, quizá la misma fiera voluntad que encrespa a las bestias carniceras en sus cubiles de los bosques y las montañas.

Además, conocemos muchas tristezas que ni el mismo naipe es capaz de disolver, hastíos semejantes a chalecos de fuerza ciñen nuestros instintos hasta el día que caigamos bajo el cuchillo de un enemigo, o la bala de alguien que hace mucho tiempo nos está esperando entre las tinieblas. Porque a cada uno de nosotros, lo espera alguien.

Después de haber vivido de esta manera, es lógico estar colmado de un silencio tan hosco, mudez de fiera que ha recibido de la vida una fuerza maldita, utilizable sólo en los bajíos del mal.

Ahora en la mesa del café, bajo las luces amarillas, blancas y azules, el silencio constituye un reposo. Tenemos necesidad de un poco de descanso, para que se asienten nuestras infamias calladas, nuestros crímenes flojos.

La música retoba el aburrimiento.

Un tango antiguo nos recuerda un momento carcelario, otros, la noche del hallazgo de una mujer, otros, un instante terrible de cuando andábamos en la mala.

Si el tango se hace bronco, un espasmo nos retuerce el alma. Se recuerda entonces el placer rojo y terrible de aplastarle a puñetazos la cara a una mujer, o también el goce de bailar trenzados con una hembra esquiva en una milonga asesina, o también el primer dinero que nos dio la mujer que nos inició en la vida, billete de diez pesos que ella sacó de la liga y que nosotros recibimos con alegría temblorosa porque ese dinero lo había ganado acostándose con otros.

Lloro de bandoneones que lo despeinan a uno en dulces recuerdos, primeras emociones agridulces de vida de cafishio: la mujer que va por la calle con un hombre; la mujer que ríe en la mesa acompañada de tres hombres, sensación de procacidad y ráfaga; la mujer que durante la noche ha hecho la recorrida del café y la pieza del brazo de clientes que pasaban ante los ojos, emoción que colma la expectativa de algunas palabras susurradas subrepticiamente: «Esperá un momento, querido, que pronto me desocupo».

El tango nos empenacha el alma del recuerdo de primitivas alegrías: la mujer de todos pavoneándose en compañía de aquel a quien le regala su dinero, la gente mirándonos al pasar, los giles asombrándose de las pornografías de la conversación, las tenidas en las piezas de las amigas, las presentaciones de rigor: «Le presento a mi marido».

Tardes de lluvia desperdigadas entre largas rondas de mate, la victrola en un rincón, la bandeja de masas arrumbada entre tarros de gomina. Si la mujer hace la calle, la reglamentaria despedida a las cuatro, el «hasta luego querido», el «tené cuidado con los tiras, nena» y la mujer que en el instante de la despedida siempre tiene un gesto raro, casi doloroso al principio en el oficio y que mediante un esfuerzo de voluntad recubre su rostro de una máscara de impasibilidad convirtiéndose instantáneamente en otra, mezclándose a los transeúntes con el tardo paso de la yiranta. Inmediatamente a uno le cruza la mente esta preocupación: «En fija la encanan hoy» o «¿no será la última vez que la veo hoy?».

Por eso, cuando en el silencio que guardamos junto a la mesa de café, repiquetea el timbre del teléfono, un sobresalto nos mueve las cabezas, y si no es para nosotros, bajo las luces

blancas, bermejas o azules, Uña de Oro bosteza
y Guillermito el Ladrón barbota una injuria,
y una negrura que ni las mismas calles más
negras tienen en sus profundidades de barro,
se nos entra a los ojos, mientras tras el espesor
de la vidriera que da a la calle pasan mujeres
honradas del brazo de hombres honrados.

EL PLACER DE VAGABUNDEAR

CORRIENTES, POR LA NOCHE

Caída entre los grandes edificios cúbicos, con panoramas de pollos a «lo spiedo» y salas doradas, y puestos de cocaína, y vestíbulos de teatros ¡qué maravillosamente atorranta es por la noche la calle Corrientes! ¡Qué linda y qué vaga! Más que calle parece una cosa viva; una creación que rezuma cordialidad por todos sus poros; calle nuestra, la sola calle que tiene alma en esta ciudad, la única que es acogedora, amablemente acogedora, como una mujer trivial, y más linda por eso.

¡Corrientes, por la noche! Mientras las otras calles honestas duermen para despertarse a las seis de la mañana, Corrientes, la calle vagabunda, enciende a las siete a la tarde todos sus letreros luminosos y, enguirnaldada de rectángulos verdes, rojos y azules, lanza a las murallas blancas sus reflejos de azul de metileno, sus amarillos de ácido pícrico, como el glorioso desafío de un pirotécnico.

Bajo estas luces fantasmagóricas, mujeres estilizadas como las que dibuja Sirio, pasan encendiendo un volcán de deseos en los vagos de cuellos duros que se oxidan en las mesas de los cafés saturados de jazz band.

Confraternidad

Vigilantes, canillitas, fiocas, actrices, porteros de teatros, mensajeros, revendedores, secretarios de compañías, cómicos, poetas, ladrones, hombres de negocios innombrables, autores, vagabundas, críticos teatrales, damas del medio mundo; una humanidad única, cosmopolita y extraña se da la mano en este único desaguadero que tiene la ciudad para su belleza y alegría.

Sí; para su belleza y alegría.

Porque basta entrar a esta calle para sentir que la vida es otra y más fuerte y más animada. Todo ofrece placer. Todo.

Desde la trattoría con sus vidrieras llenas de moluscos entre guijarros de hierro, hasta las confiterías que, en vez de exhibir dulces, muestran magníficas muñecas de raso y seda y perros que sonríen con ojos de niños. Y libros, mujeres, bombones y cocaína, y cigarrillos verdosos, y asesinos incógnitos; todos confraternizan en la estilización que modula una luz supereléctrica y una especie de estremecimiento sordo, que no se sabe si brota de la entraña de la tierra o cae del cielo purísimo, alto, con una blanca luna glacial truncándose en las cornisas de los rascacielos.

Babel

Las veredas son tan estrechas y en las zonas anchas hay tantos escombros, que la gente va haciendo malabarismos con los pies entre los guardabarros de los autos. Como en los escenarios de los teatros cuando ya se apagaron las luces y quedan solas las bambalinas, se ven casas cortadas por la mitad, salones donde la piqueta municipal ha dejado íntegro, por un milagro, un rectángulo de papel de oro o una estampa de La Vie Parissien.

Armazones de cemento armado más bellos que una mujer. Caños de desagüe negros suspendidos entre jaulones de vigas y maderos. Arcos voltaicos reverberando sótanos de tierra amarilla, mientras cruje la cadena de la grúa eléctrica. Camiones de cien toneladas. Tranvías en trinas, zaguanes con puertas forradas de papel verde e inscripciones en oro: «Saloncitos reservados». Peluquerías de mujeres donde entran y salen hombres. Casas de departamentos donde cada departamento le deja una ganancia enorme al propietario... y al comisario. Bodegones donde se comen macarroni adornados con moñitos y lampreas vetustas. Librerías de viejo y nuevo con volúmenes hinchados de pornografía junto a la millonésima edición de *Martín Fierro*. Ristras de fotografías como para entusiasmarlo a Matusalén. Estudios fotográficos que, además de la fotografía, despachan otros artículos. Diarieros que se tutean con mujeres admirablemente vestidas. Señores con diamantes en la pechera que le estrechan la mano al negro de un dancing. Primeras actrices que tienen catadura de dueñas de pensión en tren de compras. Señoras honestas que parecen artistas. Gatos que podrían pasar por eximios facinerosos. Bandoleros con caras al coldcream y anteojos de armadura de carey. Vivos que parecen zonzos y lonyis que parecen asaltantes.

Todo aquí pierde su valor. Todo se transforma. Pasa un señor y dice:

—Buenas noches, mi cabo.

Y el cabo hace la venia. Ese hombre que saludó tiene ocho «manyamientos» y dos mujeres que lo visten para que pasee su linda figura por el canal de los locos y las bagatelas.

Todo aquí pierde su valor: se transforma. Una princesa baja de un auto y le dice al forajido del puesto de diarios:

—Che, Serafín ¿no tenés «menezunda»?

La luna, blanca como sal de cinc, redonda y pura, pasa oblicuamente cortando la cornisa de los rascacielos. De vez en cuando, un forajido levanta la cabeza, la mira y le dice después al socio:

—Che ¿vamo p' al escolazo?

Calle única

Calle única, calle absurda, calle linda. Calle para soñar, para perderse, para ir de allí a todos los éxitos y a todos los fracasos; calle de alegría; calle que las vuelve más gauchas y compadritas a las mujeres; calle donde los sastres le dan consejos a los autores y donde los polizontes confraternizan con los turros; calle de olvido, de locura, de milonga, de amor. Calle de las rusas, de las francesas, de las criollas que dejaron demasiado pronto el hogar para ir a correr la juerga tras de un malevito; calle de tango, de ensueño; calle que recuerdan los presos en el cuadro quinto; calle que al amanecer se azulea y oscurece porque la vida sólo es posible al resplandor artificial de los azules de metileno, de los verdes de sulfato de cobre, de los amarillos de ácido pícrico que le inyectan una locura de pirotecnia y celos.

DÍAS DE NEBLINA

Me encantan estos días neblinosos, estas calles lustrosas de humedad y el escalofrío que hace que los transeúntes se acurruquen en la forma de sus gabanes, mientras garúa lentamente y en las casas se encienden las luces.

Me encantan estos días. Cuando más desapacibles son, menos gente hay por la calle. Hay momentos en que uno cree que tiene una ciudad a su disposición. Camina y alguna que otra persona pasa apurada por el lado de uno. Luego, nada; gente calafateada en sus hogares, el hermoso egoísmo de la puerta cerrada y la estufa encendida. Goza uno esta pequeña canallería de la gente. Se siente de acuerdo con esa impiedad que condena a los que no tienen un cobre a que se congelen en cualquier atrio de iglesia. ¡Qué diablos! La sociedad está constituida así.

Pero me encantan estos días. Me encantan porque pertenecen a países que nunca he visto. A veces me pregunto si uno no hereda de sus padres el recuerdo climatérico. Yo desciendo de gente acostumbrada a barrer la nieve frente al umbral de su casa en invierno. De gente que dice: «Cayeron dos metros de nieve». ¿Se dan cuenta ustedes? Es algo maravilloso: dos metros de nieve. Una distancia blanca, gente que al respirar despide vapor por las narices y la boca, con las manos enfundadas en guantes gruesos como botines de jugador de fútbol, y aunque no quiero confesarme, siento la nostalgia de dos metros de nieve, de esa vida de atorrantismo que lleva la gente sitiada por el invierno, metida en su casa, gozando el calor de la estufa y leyendo libros antiguos.

Por eso quiero estas calles encajonando neblina, frías, locas, solitarias. Con sus puertas cerradas y su gente sentada junto a una vitrola o un aparato de radio.

Paso y miro por el espacio que dejan los visillos corridos: luces encendidas, almas muy buenas y egoístas al mismo tiempo, dulcemente egoístas que dicen: «¡Qué frío hace afuera!», y al mismo tiempo le dan dos vueltas de llave a la cerradura de la puerta de calle.

Me encantan estos días. Y estos paseos al azar. A las seis de la tarde no se encuentra nadie en la puerta de su casa, las calles adquieren a esa hora una soledad fantástica e implacable, uno podría morirse en medio de la calzada, que nadie se molestaría en averiguar lo que ocurre. Aun los mismos almacenes tienen sus puertas cerradas, y a través de los vidrios opacos se distingue a los bolicheros, de codos en el mostrador leyendo telegramas en el diario.

Esta realidad no me causa fastidio. Me parece lógica y perfecta; así es de perfecta y lógica el alma de la gente. Además, personalmente a uno nadie lo conoce. Se va por estas calles de veredas resbaladizas y enfangadas, con una amargura simpática y una resignación de mala muerte que le causa gracia hasta al mismo damnificado. Luego viene el placer de meterse en cualquier café, ver los ómnibus atracados de gente, atascados de empleados y de desdichados con nueve horas de horario, y el habitual gesto del mentón apoyado en la palma de la mano, mientras la muchacha de la vitrola coloca un nuevo disco, y tres desgraciados, metidos a filósofos, dicen gansadas como éstas:

—Hay que ver si es amor puro.

Bebe su café y luego sale nuevamente a la calle. En esta ciudad no hay adonde ir. Piensa en el cine, pero al cine no se va solo; piensa en algún amigo, y luego llega a la conclusión de que a los amigos es mejor tenerlos de lejos. Podría escribirle una carta a Fulana o Mengana, mas en cuanto pensó en Fulana y Mengana las manda al diablo «in mente». Y piensa: Fulana es una estúpida con sus frases de novela semanal; Mengana, con su nombre copiado de alguna mala película y sus amigas tan superidiotas como ella, constituyen el grupo más ridículo que ha conocido.

Afuera llovizna. Deja la propina para el mozo y sale. Se pierde en cualquier calle arbolada. Se levanta el cuello del sobretodo, le dirige una mala mirada a un ventanal iluminado y se pregunta:

—¿Vale, en realidad, la pena el trabajo de vivir? Uno todos los días hace lo mismo; dice las mismas mentiras y las idénticas verdades; aburre a unos y distrae a otros, molesta a alguno y se hace odioso a varios, ¿vale la pena de vivir? ¿Para qué?

Usted piensa en esas casas calientes por dentro, y frías y negras por fuera. Piensa que en esas casas se respeta todo lo convencionalmente respetable, piensa que a usted allí le tratarían con tantas atenciones como si fuera el Sha de Persia; luego una viaraza de pesimismo negro le acidula los pensamientos y se sumerge más y más en la neblina de las callejuelas.

Hasta llega a pensar: «podría uno meterse un balazo en los sesos». La humanidad no perdería gran cosa ni uno tampoco sufriría una pérdida irreparable. Y se pregunta por cienmilésima vez: «¿vale la pena de vivir así, o no vale la pena?».

La neblina se vuelve más espesa. Las campanas de los tranvías resuenan más alarmantes; los hombres van y vienen, y en realidad, morirse es casi como vivir. Con la diferencia, claro está, que cuando uno está muerto no debe aburrirse tanto.

EL PLACER DE VAGABUNDEAR

Comienzo por declarar que creo que para vagabundear se necesitan excepcionales condiciones de soñador. Ya lo dijo el ilustre Macedonio Fernández: «No toda es vigilia la de los ojos abiertos».

Digo esto porque hay vagos, y vagos. Entendámonos. Entre el «crosta» de botines destartalados, pelambre mugrientosa y enjundia con más grasa que un carro de matarife, y el vagabundo bien vestido, soñador y escéptico, hay más distancia que entre la Luna y la Tierra. Salvo que ese vagabundo se llame Máximo Gorki, o Jack London, o Richepin.

Ante todo, para vagar hay que estar por completo despojado de prejuicios y luego ser un poquitín escéptico; escéptico como esos perros que tienen la mirada de hambre y que cuando los llaman menean la cola, pero en vez de acercarse, se alejan, poniendo entre su cuerpo y la humanidad, una respetable distancia.

Claro está que nuestra ciudad no es de las más apropiadas para el atorrantismo sentimental, pero ¡qué se le va a hacer!

Para un ciego, de esos ciegos que tienen las orejas y los ojos bien abiertos inútilmente, nada hay para ver en Buenos Aires, pero, en cambio, ¡qué grandes, qué llenas de novedades están las calles de la ciudad para un soñador irónico y un poco despierto! ¡Cuántos dramas escondidos en las siniestras casas de departamentos! ¡Cuántas historias crueles en los semblantes de ciertas mujeres que pasan! ¡Cuánta canallada en otras caras! Porque hay semblantes que son como el mapa del infierno humano. Ojos que parecen pozos. Miradas que hacen pensar en las lluvias de fuego bíblico. Tontos que son un poema de imbecilidad. Granujas que merecerían una estatua por buscavidas. Asaltantes que meditan sus trapacerías detrás del cristal turbio, siempre turbio, de una lechería.

El profeta, ante este espectáculo, se indigna. El sociólogo construye indigestas teorías. El papanatas no ve nada y el vagabundo se regocija. Entendámonos. Se regocija ante la diversidad de tipos humanos. Sobre cada uno se puede construir un mundo. Los que llevan escritos en la frente lo que piensan, como aquellos que son más cerrados que adoquines, muestran su pequeño secreto… el secreto que los mueve a través de la vida como fantoches.

A veces lo inesperado es un hombre que piensa matarse y que lo más gentilmente posible ofrece su suicidio como un espectáculo admirable y en el cual el precio de la entrada es el terror y el compromiso en la comisaría seccional. Otras veces lo inesperado es una señora dándose de cachetadas con su vecina, mientras un coro de mocosos se prende de las polleras de las furias y el zapatero de la mitad de cuadra asoma la cabeza a la puerta de su covacha para no perder el plato.

Los extraordinarios encuentros de la calle. Las cosas que se ven. Las palabras que se escuchan. Las tragedias que se llegan a conocer.

Y de pronto, la calle, la calle lisa y que parecía destinada a ser una arteria de tráfico con veredas para los hombres y calzada para las bestias y los carros, se convierte en un escaparate, mejor dicho, en un escenario grotesco y espantoso donde, como en los cartones de Goya, los endemoniados, los ahorcados, los embrujados, los enloquecidos, danzan su zarabanda infernal.

Porque, en realidad, ¿qué fue Goya, sino un pintor de las calles de España? Goya, como pintor de tres aristócratas zampatortas, no interesa. Pero Goya, como animador de la canalla de Moncloa, de las brujas de Sierra Divieso, de los bigardos monstruosos, es un genio. Y un genio que da miedo.

Y todo eso lo vio vagabundeando por las calles.

La ciudad desaparece. Parece mentira, pero la ciudad desaparece para convertirse en un emporio infernal. Las tiendas, los letreros luminosos, las casas quintas, todas esas apariencias bonitas y regaladoras de los sentidos, se desvanecen para dejar flotando en el aire agriado las nervaduras del dolor universal.

Y del espectador se ahuyenta el afán de viajar. Más aún: he llegado a la conclusión de que aquél que no encuentra todo el universo encerrado en las calles de su ciudad, no encontrará una calle original en ninguna de las ciudades del mundo. Y no las encontrará, porque el ciego en Buenos Aires es ciego en Madrid o Calcuta…

Recuerdo perfectamente que los manuales escolares pintan a los señores o caballeritos que callejean como futuros perdularios, pero yo he aprendido que la escuela más útil para el entendimiento es la escuela de la calle, escuela agria, que deja en el paladar un placer agridulce y que enseña todo aquello que los libros no dicen jamás. Porque, desgraciadamente, los libros los escriben los poetas o los tontos.

Sin embargo, aún pasará mucho tiempo antes de que la gente se dé cuenta de la utilidad de darse unos baños de multitud y de callejeo. Pero el día que lo aprendan serán más sabios, y más perfectos y más indulgentes, sobre todo. Sí, indulgentes. Porque más de una vez he pensado que la magnífica indulgencia que ha hecho eterno a Jesús, derivaba de su continua vida en la calle. Y de su comunión con los hombres buenos y malos, y con las mujeres honestas y también con las que no lo eran.

VENTANAS ILUMINADAS

La otra noche me decía el amigo Feilberg, que es el coleccionista de las historias más raras que conozco:

—¿Usted no se ha fijado en las ventanas iluminadas a las tres de la mañana? Vea, allí tiene argumento para una nota curiosa.

Y de inmediato se internó en los recovecos de una historia que no hubiera despreciado Villiers de L'Isle Adam o Barbey de Aurevilly o el barbudo de Horacio Quiroga. Una historia magnífica relacionada con una ventana iluminada a las tres de la mañana.

Naturalmente, pensando después en las palabras de este amigo, llegué a la conclusión de que tenía razón, y no me extrañaría que don Ramón Gómez de la Serna hubiera utilizado este argumento para una de sus geniales greguerías.

Ciertamente, no hay nada más llamativo en el cubo negro de la noche que ese rectángulo de luz amarilla, situado en una altura, entre el prodigio de las chimeneas bizcas y las nubes que van pasando por encima de la ciudad, barridas como por un viento de maleficio.

¿Qué es lo que ocurre allí? ¿Cuántos crímenes se hubieran evitado si en ese momento en que la ventana se ilumina, hubiera subido a espiar un hombre?

¿Quiénes están allí adentro? ¿Jugadores, ladrones, suicidas, enfermos? ¿Nace o muere alguien en ese lugar?

En el cubo negro de la noche, la ventana iluminada, como un ojo, vigila las azoteas y hace levantar la cabeza de los trasnochadores que de pronto se quedan mirando aquello con una curiosidad más poderosa que el cansancio.

Porque ya es la ventana de una buhardilla, una de esas ventanas de madera deshechas por el sol, ya es una ventana de hierro, cubierta de cortinados, y que entre los visillos y las persianas deja entrever unas rayas de luz. Y luego la sombra, el vigilante Ve se pasea abajo, los hombres que pasan de mal talante pensando en los líos que tendrán que solventar con sus respetables esposas, mientras que la ventana iluminada, falsa como mula bichoca, ofrece un refugio temporal, insinúa un escondite contra el aguacero de estupidez que se descarga sobre la ciudad en los tranvías retardados y crujientes.

Frecuentemente, esas piezas son parte integral de una casa de pensión, y no se reúnen en ellas ni asesinos ni suicidas, sino buenos muchachos que pasan el tiempo conversando mientras se calienta el agua para tomar mate.

Porque es curioso. Todo hombre que ha traspuesto la una de la madrugada, considera la noche tan perdida, que ya es preferible pasarla de pie, conversando con un buen amigo. Es después del café; de las rondas por los cafetines turbios. Y juntos se encaminan para la pieza, donde, fatalmente, el que no la ocupa se recostará sobre la cama del amigo, mientras que el otro, cachazudamente, le prende fuego al calentador para preparar el agua para el mate.

Y mientras que sorben, charlan. Son las charlas interminables de las tres de la madrugada, las charlas de los hombres que, sintiendo cansado el cuerpo, analizan los hechos del día con esa especie de fiebre lúcida y sin temperatura, que en la vigilia deja en las ideas una lucidez de delirio.

Y el silencio que sube desde la calle, hace más lentas, más profundas, más deseadas las palabras.

Esa es la ventana cordial, que desde la calle mira el agente de la esquina, sabiendo que los que la ocupan son dos estudiantes eternos resolviendo un problema de metafísica del amor o recordando en confidencia hechos que no se pueden embuchar toda la noche.

Hay otra ventana que es tan cordial como ésta, y es la ventana del paisaje del bar tirolés.

En todos los bares «imitación Munich», un pintor humorista y genial ha pintado unas escenas de burgos tiroleses o suizos. En todas estas escenas aparecen ciudades con tejados y torres y vigas, con calles torcidas, con faroles cuyos pedestales se retuercen como una culebra, y abrazados a ellos, fantásticos tudescos con medias verdes de turistas y un sombrerito jovial, con la indispensable pluma.

Estos borrachos simpáticos, de cuyos bolsillos escapan golletes de botellas, miran con mirada lacrimosa a una señora obesa, apoyada en la ventana, cubierta de un extraordinario camisón, con cofia blanca, y que enarbola un tremendo garrote desde la altura.

La obesa señora de la ventana de las tres de la madrugada, tiene el semblante de un carnicero, mientras que su cónyuge, con las piernas de alambre retorcido en torno del farol, trata de dulcificar a la poco amable «frau».

Pero la «frau» es inexorable como un beduino. Le dará una paliza a su marido.

La ventana triste de las tres de la madrugada, es la ventana del pobre, la ventana de esos conventillos de tres pisos, y que, de pronto, al iluminarse bruscamente, lanza su resplandor en la noche como un quejido de angustia, un llamado de socorro. Sin saber por qué se adivina, tras el súbito encendimiento, a un hombre que salta de la cama despavorido, a una madre que se inclina atormentada de sueño sobre una cuna; se adivina ese inesperado dolor de muelas que ha estallado en medio del sueño y que trastornará a un pobre diablo hasta el amanecer tras de las cortinas raídas de tanto usadas.

Ventana iluminada de las tres de la madrugada. Si se pudiera escribir todo lo que se oculta tras de sus vidrios biselados o rotos, se escribiría el más angustioso poema que conoce la humanidad. Inventores, rateros, poetas, jugadores, moribundos, triunfadores que no pueden dormir de alegría. Cada ventana iluminada en la noche crecida, es una historia que aún no se ha escrito.

LA VIDA CONTEMPLATIVA

Para dedicarse a la vida rea-contemplativa, hay que tener vocación, vale decir, hay que esgunfiarse. No conozco en el léxico castellano un vocablo que encierre tan profundo significado filosófico como el verbo reflexivo que acabo de citar, y que pertenece a nuestro reo hablar.

El esgunfiado —no hay que confundir— no es aquel que se tira a muerto. No. Tienen pasta distinta; broncas subjetivas, distintas. Fiacas desemejantes. El que se esgunfia es un «orre»* filosófico que tiene esta razón oscura para cuanta pregunta se le hace:

---

* Proviene de la inversión de las sílabas de la palabra «reo» (persona descuidada, holgazana, mentirosa, mal hablada, tramposa, embustera). Propio del lunfardismo.

—Me esgunfié.

Y al contestar así, estira la jeta en reagria expresión de aburrimiento.

Dejó un día de hacer acto de presencia en el taller. Se despertó, y su primera bronca fue darle un mordiscón a la bombilla matera, y decir, rechazando el mate:

—Estoy esgunfio. Este mate me revienta.

Luego volvió la cabeza para el muro; se tapó la porra con la sábana y se apoliyó hasta las tres de la tarde. A las tres, se levantó, se puso el traje dominguero, y con paso tardo entró al café de la esquina. Y los amigos, al verlo, le preguntaron:

—¿No fuiste a laburar?

—No, me esgunfié.

Y silenciosamente se mandó a bodega el café, entre la sobradora mirada del mozo, que pensó:

—Otro, vago a la pileta. ¡Qué barrio de sábalos, éste!

(Explicación técnica de sabalaje: pez que abunda en las orillas de agua sucia).

Al día siguiente repitió el programa «farnientesco». La vieja lo miró de reojo, y dijo tímidamente:

—¿No vas a trabajar?

Y el otro, cejijunto, contestó:

—No, estoy esgunfio de tanto taller.

Y la hermana torció para el lado de la cocina, pensando:

—Este también se esgunfió. Igual que Juancito.

(Juancito es su novio).

A la semana, mientras cenaban, el viejo, que con el cucharón llenaba el plato de sopa, dijo:

—Así que no vas más al taller ¿eh?

—No, me esgunfié.

El «jovie» detuvo un instante el cucharón en el aire; movió la cabeza rapada a lo Humberto «primo», se rascó los mostachos, y luego, arrancando medio pan se llenó la boca de miga.

Y todos morfaron en silencio.

Y el vago no trabajó más.

Desde entonces, no labura. Su trabajo se limita a esgunfiarse. Se levanta a las diez de la mañana, se pone el «fungi» y sale hasta la esquina para apoyarse en la vidriera del almacén. De diez a once, se solea. Quieto como un lagarto, se queda arrimado a la pared, con los pies cruzados, los codos apoyados en el alféizar de la vidriera, el ala del sombrero defendiéndole los ojos; una mueca amarga tirando sus dos catetos de la punta de la nariz a los dos vértices de los labios; triángulo de expresión mafiosa que se descompone para saludar insignificantemente a alguna vecina.

El almacenero lo sobra desde el otro lado del vidrio, y tras de la reja de la caja, piensa maldiciéndolo:

—Estos hijos del país…

El odia a los hijos del país. Los odia porque se tiran a muertos, porque se esgunfian, porque no trabajan. Quisiera ver la tierra convertida, la mitad, en un almacén, y la otra mitad en dependientes de ella. Luego inclina el «mate» sobre el Haber y firma un cheque, regocijado de su prosperidad y de no haberse esgunfiado nunca de ese tren de laburo, que comienza a las cinco de la mañana y termina a las doce de la noche.

El que se aburre, de pie junto a la vidriera, charla ahora con otro vago. Ese no se esgunfió nunca. Pero, en cambio, se tiró a muerto. Porque sí. Por prepotencia. «¡Qué trabajen los otros!». Los dos vagos intercambian palabras fiacosas. Lentas. Palabras que son así: «¿Te dije que estuve en lo de Pedro?». Y al rato, nuevamente: «¿Te dije? Lo vi a Pedro». Y a los quince minutos: «Pedro está bien, ¿sabés?». Y a los otros cinco minutos: «Y qué es lo que te dijo Pedro». Diálogo fiacoso, con las jetas arrugadas, la nariz como oliéndo la proximidad de la fiera: trabajo; los ojos retobados bajo los párpados en la distancia de los árboles verdes que decoran la callejuela del barrio sábalo.

A la tarde, de cada vizcachera sale uno de estos «orres». Las mujeres hacen rechinar la Singer, ellos, con balanceo lento, salen para el café. Siempre hay uno en el café que tiene veinte guitas. Ese es el que toma café. Los otros siete amigos vagos, hacen rueda en torno de la mesa y sólo piden agua. El mozo relojea resignado, ¡qué destino el suyo! ¡En vez de ser sirviente del Plaza Hotel, haber rodado

a esa ladronera! Bueno, a todos no les están
concedidos los triunfos magníficos. Y el mozo
avinagra el gesto en un pronunciamiento
mental de mala palabra. Y en la mesa corre
la pachorra de este diálogo:

—¿Te dije que lo vi a Pedro?

Silencio de cinco minutos.

—¿Y qué te dijo Pedro?

Otros cinco minutos de silencio.

—¿Así que lo viste a Pedro?

Otros diez minutos de silencio.

—Lo vi ayer a Pedro.

Otros cinco minutos de silencio.

—¿Y qué te contó Pedro?

Son los esgunfiados. La fiaca les ha roído el
tuétano. Tan aburridos están, que para hablar,
se toman vacaciones de minutos y licencias de
cuarto de hora. Son los esgunfiados. Los que
no hacen ni bien ni mal. Los que no roban ni
estafan. Los que no juegan ni apuestan. Los
que no pasean ni se divierten. Tan esgunfiados
están, que a pesar de ser fiacas, podrían tener
novia en el barrio, y no la tienen; que es mucho
laburo eso de ir a chamuyar en una puerta y

darle la lata al viejo; tan esgunfiados están, que a lo único que aspiran es a una tarde eterna, con una remota puesta de sol, una mesita bajo un árbol y una jarra de agua para la sed.

En la India, estos vagos, hubieran sido perfectos discípulos de Nuestro Señor, el Buda, porque son los únicos que entre nosotros conocen los misterios y las delicias de la vida contemplativa.

LA LUNA ROJA

Nada lo anunciaba por la tarde.

Las actividades comerciales se desenvolvieron normalmente en la ciudad. Olas humanas hormigueaban en los pórticos encristalados de los vastos establecimientos comerciales, o se detenían frente a las vidrieras que ocupaban todo el largo de las calles oscuras, salpicadas de olores a telas engomadas, flores o vituallas.

Los cajeros, tras de sus garitas encristaladas, y los jefes de personal rígidos en los vértices alfombrados de los salones de venta, vigilaban con ojo cauteloso la conducta de sus inferiores.

Se firmaron contratos y se cancelaron empréstitos.

En distintos parajes de la ciudad, a horas diferentes, numerosas parejas de muchachos y jovencitas se juraron amor eterno, olvidando que sus cuerpos eran perecederos; algunos vehículos inutilizaron a descuidados paseantes, y el cielo más allá de las altas cruces metálicas pintadas de verde, que soportaban los cables de alta tensión, se teñía de un gris ceniciento, como siempre ocurre cuando el aire está cargado de vapores acuosos.

Nada lo anunciaba.

Por la noche fueron iluminados los rascacielos.

La majestuosidad de sus fachadas fosforescentes, recortadas a tres dimensiones sobre el fondo de tinieblas, intimidó a los hombres sencillos. Muchos se formaban una idea desmesurada respecto a los posibles tesoros blindados por muros de acero y cemento. Fornidos vigilantes, de acuerdo a la consigna recibida, al pasar frente a estos edificios, observaban cuidadosamente los zócalos de puertas y ventanas, no hubiera allí abandonada una máquina infernal. En otros puntos se divisaban las siluetas sombrías de la policía montada, teniendo del cabestro a sus caballos y armados de carabinas enfundadas y pistolas para disparar gases lacrimógenos.

Los hombres timoratos pensaban: «¡Qué bien estamos defendidos!», y miraban con agradecimiento las enfundadas armas mortíferas; en cambio, los turistas que paseaban hacían detener a sus chóferes, y con la punta de sus bastones señalaban a sus acompañantes los luminosos nombres de remotas empresas. Estos centelleaban en interminables fachadas escalonadas y algunos se regocijaban y enorgullecían al pensar en el poderío de la patria lejana, cuya expansión económica representaban dichas filiales, cuyo nombre era menester deletrear en la proximidad de las nubes. Tan altos estaban.

Desde las terrazas elevadas, al punto que desde allí parecía que se podían tocar las estrellas con la mano, el viento desprendía franjas de músicas, blues oblicuamente recortados por la dirección de la racha de aire. Focos de porcelana iluminaban jardines aéreos. Confundidos entre el follaje de costosas vegetaciones, controlados por la respetuosa y vigilante mirada de los camareros, danzaban los desocupados elegantes de la ciudad, hombres y mujeres jóvenes, elásticos por la práctica de los deportes e indiferentes por el conocimiento de los placeres. Algunos parecían carniceros enfundados en un smoking, sonreían insolentemente, y todos, cuando hablaban de los de abajo, parecían burlarse de algo que con un golpe de sus puños podían destruir.

Los ancianos, arrellanados en sillones de paja japonesa, miraban el azulado humo de sus vegueros o deslizaban entre los labios un esguince astuto, al tiempo que sus miradas duras y autoritarias reflejaban una implacable seguridad y solidaridad. Aun entre el rumor de la fiesta no se podía menos que imaginárseles presidiendo la mesa redonda de un directorio, para otorgar un empréstito leonino a un estado de cafres y mulatillos, bajo cuyos árboles correrían linfas de petróleo.

Desde alturas inferiores, en calles más turbias y profundas que canales, circulaban los techos de automóviles y tranvías, y en los parajes excesivamente iluminados, una microscópica multitud husmeaba el placer barato, entrando y saliendo por los portalones de los dancings económicos, que como la boca de altos hornos, vomitaban atmósferas incandescentes.

Hacia arriba, en oblicuas direcciones, la estructura de los rascacielos despegaba sobre cielos verdosos o amarillentos, relieves de cubos, sobrepuestos de mayor a menor. Estas pirámides de cemento desaparecían al apagarse el resplandor de invisibles letreros luminosos; luego aparecían nuevamente como *superdreadnoughts*, poniendo una perpendicular y tumultuosa amenaza de combate marítimo al encenderse lívidamente entre las tinieblas. Fue entonces cuando ocurrió el suceso extraño.

El primer violín de la orquesta Jardín Aéreo Imperius iba a colocar en su atril la partitura del Danubio Azul, cuando un camarero le alcanzó un sobre. El músico, rápidamente, lo rasgó y leyó la esquela; entonces, mirando por sobre los lentes a sus camaradas, depositó el instrumento sobre el piano, le alcanzó la carta al clarinetista, y como si tuviera mucha prisa, descendió por la escalerilla que permitía subir al paramento, buscó con la mirada la salida del jardín y desapareció por la escalera de servicio, después de tratar de poner inútilmente en marcha el ascensor.

Las manos de varios bailarines y sus acompañantes se paralizaron en los vasos que llevaban a los labios para beber, al observar la insólita e irrespetuosa conducta de este hombre. Mas, antes de que los concurrentes se sobrepusieran de su sorpresa, el ejemplo fue seguido por sus compañeros, pues se les vio uno a uno abandonar el palco, muy serios y ligeramente pálidos.

Es necesario observar que a pesar de la prisa con que ejecutaban estos actos, los actuantes revelaron cierta meticulosidad. El que más se destacó fue el violoncelista que encerró su instrumento en la caja. Producían la impresión de querer significar que declinaban una responsabilidad y se «lavaban las manos». Tal dijo después un testigo.

Y si hubieran sido ellos solos.

Los siguieron los camareros. El público, mudo de asombro, sin atreverse a pronunciar palabra (los camareros de estos parajes eran sumamente robustos), les vio quitarse los fracs de servicio y arrojarlos despectivamente sobre las mesas. El capataz de servicio dudaba, mas al observar que el cajero, sin cuidarse de cerrar la caja, abandonaba su alto asiento, y sumamente inquieto se incorporó a los fugitivos.

Algunos quisieron utilizar el ascensor. No funcionaba.

Súbitamente se apagaron los focos. En las tinieblas, junto a las mesas de mármol, los hombres y mujeres que hasta hacía unos instantes se debatían entre las argucias de sus pensamientos y el deleite de sus sentidos, comprendieron que no debían esperar. Ocurría algo que rebasaba la capacidad expresiva de las palabras, y entonces, con cierto orden medroso, tratando de aminorar la confusión de la fuga, comenzaron a descender silenciosamente por las escaleras de mármol.

El edificio de cemento se llenó de zumbidos. No de voces humanas, que nadie se atrevía a hablar, sino de roces, tableteos, suspiros. De vez en cuando, alguien encendía un fósforo, y por el caracol de las escaleras, en distintas alturas del muro, se movían las siluetas de espaldas encorvadas y enormes cabezas caídas, mientras que en los ángulos de pared las sombras se descomponían en saltantes triángulos irregulares.

No se registró ningún accidente.

A veces, un anciano fatigado o una bailarina amedrentada se dejaba caer en el borde de un escalón, y permanecía allí sentada, con la cabeza abandonada entre las manos, sin que nadie la pisoteara. La multitud, como si adivinara su presencia encogida en la pestaña de mármol, describía una curva junto a la sombra inmóvil.

El vigilante del edificio, durante dos segundos, encendió su linterna eléctrica, y la rueda de luz blanca permitió ver que hombres y mujeres, tomados indistintamente de los brazos, descendían cuidadosamente. El que iba junto al muro llevaba la mano apoyada en el pasamanos.

Al llegar a la calle, los primeros fugitivos aspiraron afanosamente largas bocanadas de aire fresco. No era visible una sola lámpara encendida en ninguna dirección. Alguien raspó una cerilla en una cortina metálica, y entonces descubrieron en los umbrales de ciertas casas antiguas, criaturas sentadas pensativamente. Estas, con una seriedad impropia de su edad, levantaban los ojos hacia los mayores que los iluminaban, pero no preguntaron nada.

De las puertas de los otros rascacielos también se desprendía una multitud silenciosa.

Una señora de edad quiso atravesar la calle, y tropezó con un automóvil abandonado; más allá, algunos ebrios, aterrorizados, se refugiaron en un coche de tranvía cuyos conductores habían huido, y entonces muchos, transitoriamente desalentados, se dejaron caer en los cordones de granito que delimitaban la calzada.

Las criaturas inmóviles, con los pies recogidos junto al zócalo de los umbrales, escuchaban en silencio las rápidas pisadas de las sombras que pasaban en tropel.

En pocos minutos los habitantes de la ciudad estuvieron en la calle.

De un punto a otro en la distancia, los focos fosforescentes de linternas eléctricas se movían con la irregularidad de luciérnagas. Un curioso resuelto intentó iluminar la calle con una lámpara de petróleo, y tras de la pantalla de vidrio sonrosado se apagó tres veces la llama. Sin zumbidos, soplaba un viento frío y cargado de tensiones voltaicas.

La multitud espesaba a medida que transcurría el tiempo.

Las sombras de baja estatura, numerosísimas, avanzaban en el interior de otras sombras menos densas y altísimas de la noche, con cierto automatismo que hacía comprender que muchos acababan de dejar los lechos y conservaban aún la incoherencia motora de los semidormidos.

Otros, en cambio, se inquietaban por la suerte de su existencia, y calladamente marchaban al encuentro del destino, que adivinaban erguido como un terrible centinela, tras de aquella cortina de humo y de silencio.

De fachada a fachada, el ancho de todas las calles trazadas de este a oeste, se ocupaba de multitud. Esta, en la oscuridad, ponía una capa más densa y oscura que avanzaba lentamente, semejante a un monstruo cuyas partículas están ligadas por el jadeo de su propia respiración.

De pronto un hombre sintió que le tiraban de una manga insistentemente. Balbuceó preguntas al que así le asía, mas como no le contestaban, encendió un fósforo y descubrió el achatado y velludo rostro de un mono grande que con ojos medrosos, parecía interrogarlo acerca de lo que sucedía. El desconocido, de un empellón, apartó la bestia de sí, y muchos que estaban próximos a él repararon que los animales estaban en libertad.

Otro identificó varios tigres confundidos en la multitud por las rayas amarillas que a veces fosforecían entre las piernas de los fugitivos, pero las bestias estaban tan extraordinariamente inquietas que, al querer aplastar el vientre contra el suelo, para denotar sumisión, obstaculizaban la marcha, y fue menester expulsarlas a puntapiés. Las fieras echaron a correr, y como si se hubieran pasado una consigna, ocuparon la vanguardia de la multitud.

Adelantábanse con la cola entre las zarpas y las orejas pegadas a la piel del cráneo. En su elástico avance volvían la cabeza sobre el cuello, y se distinguían sus enormes ojos fosforescentes, como bolas de cristal amarillo. A pesar de que los tigres caminaban lentamente, los perros, para mantenerse a la par de ellos, tenían que mover apresuradamente las patas.

Súbitamente, sobre el tanque de cemento de un rascacielos apareció la luna roja. Parecía un ojo de sangre despegándose de la línea recta, y su magnitud aumentaba rápidamente. La ciudad, también enrojecida, creció despacio desde el fondo de las tinieblas, hasta fijar la balaustrada de sus terrazas en la misma altura que ocupaba la comba descendente del cielo.

Los planos perpendiculares de las fachadas reticulaban de callejones escarlatas el cielo de brea. En las murallas escalonadas, la atmósfera enrojecida se asentaba como una neblina de sangre. Parecía que debía verse aparecer sobre la terraza más alta un terrible dios de hierro con el vientre troquelado de llamas y las mejillas abultadas de gula carnicera.

No se percibía ningún sonido, como si por efectos de la luz bermeja, la gente se hubiera vuelto sorda.

Las sombras caían inmensas, pesadas, cortadas tangencialmente por guillotinas monstruosas, sobre los seres humanos en marcha, tan numerosos que hombro con hombro y pecho con pecho, colmaban las calles de principio a fin.

Los hierros y las comisas proyectaban a distinta altura rayas negras paralelas a la profundidad de la atmósfera bermeja. Los altos vitriales refulgían como láminas de hielo tras de las que se desemparva un incendio.

A la claridad terrible y silenciosa era difícil discernir los rostros femeninos de los masculinos. Todos aparecían igualados y ensombrecidos por la angustia del esfuerzo que realizaban, con los maxilares apretados y los párpados entrecerrados. Muchos se humedecían los labios con la lengua, pues los afiebraba la sed. Otros con gestos de sonámbulos pegaban la boca al frío cilindro de los buzones, o al rectangular respiradero de los transformadores de las canalizaciones eléctricas, y el sudor corría en gotas gruesas por todas las frentes.

De la luna, fijada en un cielo más negro que la brea, se desprendía una sangrienta y pastosa emanación de matadero.

La multitud en realidad no caminaba, sino que avanzaba por reflujos, arrastrando los pies, soportándose los unos en los otros, muchos adormecidos e hipnotizados por la luz roja que, cabrilleando de hombro en hombro, hacía más profundos y sorprendentes los tenebrosos cuévanos de los ojos y roídos perfiles.

En las calles laterales los niños permanecían quietos en sus umbrales.

Del tumulto de las bestias, engrosado por los caballos, se había desprendido el elefante, que con trote suave corría hacia la playa, escoltado por dos potros. Estos, con las crines al viento y los belfos vueltos hacia las apantalladas orejas del paquidermo, parecían cuchichearle un secreto.

En cambio, los hipopótamos a la cabeza de la vanguardia, buceaban fatigosamente en el aire, recogiéndolo con los golpes en vacío de sus hocicos acorazados. Un tigre restregando el flanco contra los muros avanzaba de mala gana.

El silencio de la multitud llegó a hacerse insoportable. Un hombre trepó a un balcón y poniéndose las manos ante la boca a modo de altoparlante, aulló congestionado:

—Amigos, ¡qué pasa amigos! Yo no sé hablar, es cierto, no sé hablar, pero pongámonos de acuerdo.

Desfilaban sin mirarle, y entonces el hombre secándose el sudor de la frente con el velludo dorso del brazo se confundió en la muchedumbre.

Inconscientemente todos se llevaron un dedo a los labios, una mano a la oreja. No podían ya quedar dudas.

En una distancia empalizada de friego y tinieblas, más movediza que un océano de petróleo encendido, giró lentamente sobre su eje la metálica estructura de una grúa.

Oblicuamente, un inmenso cañón negro colocó su cónico perfil entre cielo y tierra, escupió fuego retrocediendo sobre su cureña, y un silbido largo cruzó la atmósfera con un cilindro de acero.

Bajo la luna roja, bloqueada de rascacielos bermejos, la multitud estalló en un grito de espanto:

—¡No queremos la guerra! ¡No... no... no!

Comprendían esta vez que el incendio había estallado sobre todo el planeta, y que nadie se salvaría.

LOS TOMADORES DE SOL EN EL BOTÁNICO

La tarde de ayer lunes fue espléndida. Sobre todo para la gente que nada tenía que hacer. Y más aún para los tomadores de sol consuetudinarios.

Gente de principios higiénicos y naturistas, ya que se resignan atener los botines rotos antes que perder su bañito de sol. Y después hay ciudadanos que se lamentan de que no haya hombres de principios. Y estudiosos. Individuos que sacrifican su bienestar personal para estudiar botánica y sus derivados, aceptando ir con el traje hecho pedazos antes de perder tan preciosos conocimientos.

Examinando la gente que pulula por el Jardín Botánico, uno termina por plantearse este problema: ¿Por qué las ciencias naturales poseen tanta aceptación entre sujetos que tienen catadura de vagos? ¿Por qué la gente bien vestida no se dedica, con tanto frenesí, a un estudio semejante, saludable para el cuerpo y para el espíritu? Porque esto es indiscutible: el estudio de la botánica engorda. No he visto a un bebedor de sol que no tenga la piel lustrosa, y un cuerpazo bien nutrido y mejor descansado.

¡Qué aspecto, que bonhomía! ¡Qué edificación ejemplar para un señor que tenga tendencias al misticismo! Porque, no dejarán de reconocer ustedes, que una ciencia tan infusa como la botánica debe tener virtudes esenciales para engordar a sujetos que calzan botines rotos.

De otro modo no se explicaría. Cierto es que el reposo debe contribuir en algo, pero en este asunto obra o influye algún factor extraño y fundamental. Hasta los jardineros tienden a la obesidad. El portero —los porteros están bien saciados—, los subjardineros ya han adquirido ese aspecto de satisfacción íntima que producen las canonjías municipales, y hasta los gatos que viven en las alturas de los pinos impresionan favorablemente por su inesperado grosor y lustroso pelaje.

Yo creo haber aclarado el misterio. La gente que frecuenta el Jardín Botánico está gorda por la influencia del latín.

En efecto, todos los letreros de los árboles están redactados en el idioma melifluo de Virgilio. Al que no está acostumbrado, se le embarulla el cráneo. Pero los asiduos visitantes de este jardín, deben estar ya acostumbrados y sufrir los beneficios de este idioma, porque he observado lo siguiente:

Como decía, fui hasta allá ayer por la tarde. Me senté en un banco y, de pronto, observé a dos jardineros. Con un rastrillo en la mano miraban el letrero de un árbol. Luego se miraban entre sí y volvían a mirar el letrero. Para no interrumpir sus meditaciones mantenían el rastrillo completamente inmóvil, de modo que no cabía duda alguna de que esa gente ilustraba sus magníficos espíritus con el letrero escrito en el idioma del latoso Virgilio. Y el éxtasis que tal lectura parecía producirles, debía ser infinito, ya que los dos individuos, completamente quietos como otros tantos Budas a la sombra del árbol de la sabiduría, no movían el rastrillo ni por broma. Tal hecho me llamó sumamente la atención y decidí continuar mi observación. Pero, pasó una hora y me aburrí. El deliquio de esos pelafustanes frente al letrero era inmenso. El rastrillo permanecía junto a ellos como si no existiera.

¿Se dan cuenta ustedes ahora de la influencia del botánico latín sobre los espíritus superiores? Estos hombres en vez de rastrillar la tierra, como era su deber, permanecían de brazos cruzados en honor a la ciencia, a la naturaleza y al latín. Cuando me fui, di vuelta la cabeza. Continuaban meditando. Los rastrillos olvidados. No me extrañó de que engordaran.

Y vi numerosa gente entregada a la santa paz de lo verde. Todos meditando en los letreros latinos que se ofrecen con profusión a la vista del público. Todos tranquilitos, imperturbables, adormecidos, soleándose como lagartos o cocodrilos y encantados de la vida, a pesar de que sus aspectos no denuncian millones ni mucho menos. Pero el Señor, bondadoso con los hombres de buena voluntad, les dispensa lo que a nosotros nos ha negado: la felicidad. En cambio, esos individuos que podrían tomarse por solemnes vagos, y que puede ser que lo sean, a la sombra de los árboles empollaban su haraganería y florecían en meditaciones de manera envidiable.

En muchos bancos, estos poltrones hacen círculo. Y recuerdan a los sapos del campo. Porque los sapos del campo, cuando se prende la luz y se la deja abandonada, se reúnen en torno a ella en círculo, y permanecen como conferenciando horas enteras.

Pues en el Botánico ocurre lo mismo. Se ven círculos de vagos cosmopolitas y silenciosos, mirándose a la cara, en las posiciones más variadas, y sin decir esta boca es mía.

Naturalmente, a la gente le da grima esta vagancia semiorganizada; pero para los que conocen el misterio de las actitudes humanas, esto no asombra. Esa gente aprende idiomas, se interesa por las llamadas lenguas muertas y se regocija contemplando los cartelitos de los árboles.

¿Dónde se reúnen ahora los enamorados? ¿Han perdido el romanticismo? El caso es que en el Botánico lo que más escasean son las parejas amorosas. Sólo se ve algún matrimonio proyecto que recrea sus ojos sin perjudicar sus rentas, ya que para distraerse recorren los senderos solitarios, separados uno de otro medio metro.

En definitiva, no sé si porque era lunes, o porque la gente ha encontrado otros lugares de distracción, el caso es que el Jardín Botánico ofrece un aspecto de desolación que espanta. Y lo único noble, son los árboles… los árboles que envejecen apartándose de los hombres para recoger el cielo entre sus brazos.

LA TRISTEZA DEL SÁBADO INGLÉS

¿Será acaso, porque me paso vagabundeando toda la semana, que el sábado y el domingo se me antojan los días más aburridos de la vida? Creo que el domingo es aburrido de puro viejo y que el sábado inglés es un día triste, con la tristeza que caracteriza a la raza que le ha puesto su nombre.

El sábado inglés es un día sin color y sin sabor; un día que «no corta ni pincha» en la rutina de las gentes. Un día híbrido, sin carácter, sin gestos.

Es día en que prosperan las reyertas conyugales y en el cual las borracheras son más lúgubres que un «de profundis» en el crepúsculo de un día nublado. Un silencio de tumba pesa sobre la ciudad. En Inglaterra, o en países puritanos, se entiende. Allí hace falta el sol, que es, sin duda alguna, la fuente natural de toda alegría. Y como llueve o nieva, no hay adonde ir; ni a las carreras, siquiera. Entonces la gente se queda en sus casas, al lado del fuego, y ya cansada de leer *Punch*, hojea la Biblia.

Pero para nosotros el sábado inglés es un regalo modernísimo que no nos convence. Ya teníamos de sobra con los domingos. Sin plata, sin tener adonde ir y sin ganas de ir a ninguna parte, ¿para qué queríamos el domingo? El domingo era una institución sin la cual vivía muy cómodamente la humanidad.

Tata Dios descansó en día domingo, porque estaba cansado de haber hecho esta cosa tan complicada que se llama mundo. Pero ¿qué han hecho, durante los seis días, todos esos gandules que por ahí andan, para descansar el domingo? Además, nadie tenía derecho a imponernos un día más de holganza. ¿Quién lo pidió? ¿Para qué sirve?

La humanidad tenía que aguantarse un día por semana sin hacer nada. Y la humanidad se aburría. Un día de «flaca» era suficiente.

Vienen los señores ingleses y, ¡qué bonita idea!, nos endilgan otro más, el sábado.

Por más que trabaje, con un día de descanso por semana es más que suficiente. Dos son insoportables, en cualquier ciudad del mundo. Soy, como verán ustedes, un enemigo declarado e irreconciliable del sábado inglés.

Corbata que toda la semana permanece embaulada. Traje que ostensiblemente tiene la rigidez de las prendas bien guardadas. Botines que crujían. Lentes con armadura de oro, para los días sábado y domingo. Y tal aspecto de satisfacción de sí mismo, que daban ganas de matarlo. Parecía un novio, uno de esos novios que compran una casa por mensualidades. Uno de esos novios que dan un beso a plazo fijo.

Tan cuidadosamente lustrados tenía los botines que cuando salí del coche no me olvidé de pisarle un pie. Si no hay gente el hombre me asesina.

Después de este papanatas, hay otro hombre del sábado, el hombre triste, el hombre que cada vez que lo veo me apena profundamente.

Lo he visto numerosas veces, y siempre me ha causado la misma y dolorosa impresión.

Caminaba yo un sábado por una acera en la sombra, por la calle Alsina —la calle más lúgubre de Buenos Aires— cuando por la vereda opuesta, por la vereda del sol, vi a un empleado, de espaldas encorvadas, que caminaba despacio, llevando de la mano una criatura de tres años.

La criatura exhibía, inocentemente, uno de esos sombreritos con cintajos, que sin ser viejos son deplorables. Un vestidito rosa recién planchado. Unos zapatitos para los días de fiesta. Caminaba despacio la nena, y más despacio aún, el padre. Y de pronto tuve la visión de la sala de una casa de inquilinato, y la madre de la criatura, mujer joven y arrugada por las penurias, planchando los cintajos del sombrero de la nena.

El hombre caminaba despacio. Triste. Aburrido. Yo vi en él el producto de veinte años de garita con catorce horas de trabajo y un sueldo de hambre, veinte años de privaciones, de sacrificios estúpidos y del sagrado terror de que lo echen a la calle. Vi en él a Santana, el personaje de Roberto Mariani.

Y en el centro, la tarde del sábado es horrible. Es cuando el comercio se muestra en su desnudez espantosa. Las cortinas metálicas tienen rigideces agresivas.

Los sótanos de las casas importadoras vomitan hedores de brea, de benzol y de artículos de ultramar. Las tiendas apestan a goma. Las ferreterías a pintura. El cielo parece, de tan azul, que está iluminando una factoría perdida en el África. Las tabernas para corredores de bolsa permanecen solitarias y lúgubres. Algún portero juega al mus con un lavapisos a la orilla de una mesa. Chicos que parecen haber nacido por generación espontánea de entre los musgos de las casas-bancas, aparecen a la puerta de «entrada para empleados» de los depósitos de dinero. Y se experimenta el terror; el espantoso terror de pensar que a estas mismas horas en varios países las gentes se ven obligadas a no hacer nada, aunque tengan ganas de trabajar o de morirse.

No, sin vuelta de hoja; no hay día más triste que el sábado inglés ni que el empleado que en un sábado de éstos está buscando aún, a las doce de la noche, en una empresa que tiene siete millones de capital, ¡un error de dos centavos en el balance de fin de mes!

SOLEDAD

La única verdad es esta. Donde uno vaya se sentirá solo. Si usted cree que los viajes pueden influir en su ánimo y convertirlo en otro, está equivocado. Por el contrario; viajar quiere decir ponerse en contacto con gente desconocida que no tendrá ningún interés en conocer a usted ni usted a ellos.

Me inclino a creer que en esto de los viajes hay mucho de engrupimiento; que la gente se ha limitado a repetir hasta la fecha lo que había oído decir a sus prójimos, y como la mayoría no puede viajar ni en tren, ¡qué diablos! ha tragado la píldora y ha creído en la eficacia espiritual de los viajes.

¿O es que habrá que tener un espíritu especial para viajar? Una falta de sensibilidad. Porque lo primero que se le ocurre a uno que anda forastero es pensar en la vida que la gente hace allí, donde él es un extraño. E inmediatamente, a consecuencia de esta reflexión, añora lo que ha dejado.

Huysmans, en su novela *Al revés*, tiene un magnífico episodio. El protagonista de su novela resuelve irse a Londres. Prepara sus valijas, se dirige al puerto, tiene que esperar dos horas la llegada del barco y entonces entra a una taberna inglesa. El decorado, como los artículos que allí se venden, así como los clientes, son de pura cepa inglesa; y nuestro hombre pasa dos horas arrepatingado en un sillón experimentando las mismas emociones como si se encontrara en Inglaterra.

Y de pronto, el personaje se dice:

¿Para qué diablos voy a ir a Londres, si ya he experimentado las mismas emociones que si me encontrara allí? Y cargando en un coche sus baúles, maleta, sombrereras, etc., etc., regresa a su casa, entre el asombro de su viejo criado, que piensa: «Mi patrón está loco».

Claro; para mí, que estoy tentado de volver

a Buenos Aires mañana mismo, el personaje de Huysmans no está loco. El objeto de un viaje es recibir una emoción. Recibida esta, el resto no interesa. Los viajes me parece que en esto se parecen a las mujeres. Cada mujer tiene en un momento de su vida un gesto definitivo y característico. Los otros gestos son inferiores a estos, y así el que más valoramos es aquel. ¿No será lo mismo con los viajes? De estos interesaría una emoción; las otras, son inferiores o secundarias.

SOLILOQUIO DE UN SOLTERÓN

Me miro el dedo gordo del pie, y gozo.

Gozo porque nadie me molesta. Igual que una tortuga, a la mañana, saco la cabeza debajo del caparazón de mis colchas y me digo, sabrosamente, moviendo el dedo gordo del pie:

—Nadie me molesta. Vivo solo, tranquilo y gordo como un archipreste glotón.

Mi camita es honesta, de una plaza y gracias. Podría usarla sin reparo ninguno el Papa o el arzobispo.

A las ocho de la mañana entra a mi cuarto la patrona de la pensión, una señora gorda, sosegada y maternal. Me da dos palmaditas en la espalda y me pone junto al velador la taza de café con leche y pan con manteca. Mi patrona me respeta y considera. Mi patrona tiene un loro que dice: «¡Ajuá! ¿Te fuiste? Que te vaya bien», y el loro y la patrona me consuelan de que la vida sea ingrata para otros, que tienen mujer y, además de mujer, una caterva de hijos.

Soy dulcemente egoísta y no me parece mal.

Trabajo lo indispensable para vivir, sin tener que gorrear a nadie, y soy pacífico, tímido y solitario. No creo en los hombres, y menos en las mujeres, mas esta convicción no me impide buscar a veces el trato de ellas, porque la experiencia se afina en su roce, y además no hay mujer, por mala que sea, que no nos haga indirectamente algún bien.

Me gustan las muchachitas que se ganan la vida. Son las únicas mujeres que provocan en mí un respeto extraordinario, a pesar de que no siempre son un encanto. Pero me gustan porque afirman un sentimiento de independencia, que es el sentido interior que rige mi vida.

Más me gustan todavía las mujeres que no se pintan. Las que se lavan la cara, y con el cabello húmedo, salen a la calle, causando una sensación de limpieza interior y exterior que haría que uno, sin escrúpulos de ninguna clase, les besara encantado los pies.

No me gustan los chicos, sino excepcionalmente. En todo chiquillo, casi siempre se descubren fisonómicamente los rastros de las pillerías de los padres, de manera que sólo me agradan a la distancia y cuando pienso artificialmente con el pensamiento de los demás que coinciden en decir: «¡Qué chicos, son un encanto!», aunque es mentira.

Me baño todos los días en invierno y verano. Tener el cuerpo limpio me parece que es el comienzo de la higiene mental.

Creo en el amor cuando estoy triste, cuando estoy contento miro a ciertas mujeres como si fueran mis hermanas, y me agradaría tener el poder de hacerlas felices, aunque no se me oculta que tal pensamiento es un disparate, pues si es imposible que un hombre haga feliz a una sola mujer, menos todavía a todas.

He tenido varias novias, y en ellas descubrí únicamente el interés de casarse, cierto es que dijeron quererme, pero luego quisieron también a otros, lo cual demuestra que la naturaleza humana es sumamente inestable, aunque sus actos quieran inspirarse en sentimientos eternos. Y por eso no me casé con ninguna.

Personas que me conocen poco dicen que soy un cínico; en verdad, soy un hombre tímido y tranquilo, que en vez de atenerse a las apariencias busca la verdad, porque la verdad puede ser la única guía del vivir honrado.

Mucha gente ha tratado de convencerme de que formara un hogar; al final descubrí que ellos serían muy felices si pudieran no tener hogar.

Soy servicial en la medida de lo posible y cuando mi egoísmo no se resiente mucho, aunque me he dado cuenta de que el alma de los hombres está constituida de tal manera, que más pronto olvidan el bien que se les ha hecho que el mal que no se les causó.

Como todos los seres humanos he localizado muchas mezquindades en mí, y más me agradaría no tener ninguna, más al final me he convencido de que un hombre sin defectos sería inaguantable, porque jamás les daría motivo a sus prójimos para hablar mal de él, y lo único que nunca se le perdona a un hombre, es su perfección.

Hay días que me despierto con un sentimiento de dulzura floreciendo en mi corazón. Entonces me hago escrupulosamente el nudo de la corbata y salgo a la calle, y miro amorosamente las curvas de las mujeres. Y doy las gracias a Dios por haber fabricado un bicho tan lindo, que con su sola presencia nos enternece los sentidos y nos hace olvidar todo lo que hemos aprendido a costa del dolor.

Si estoy de buen humor, compro un diario y me entero de lo que pasa en el mundo, y siempre me convenzo de que es inútil que progrese la ciencia de los hombres si continúan manteniendo duro y agrio su corazón como era el corazón de los seres humanos hace mil años.

Al anochecer vuelvo a mi cuartujo de cenobita, y mientras espero que la sirvienta —una chica muy bruta y muy irritable— ponga la mesa, «sotto voce» canturreo *Una furtiva lágrima*, o sino *Addio del passato* o

Bei giorni ridenti... Y mi corazón se anega de una paz maravillosa, y no me arrepiento de haber nacido.

No tengo parientes, y como respeto la belleza y detesto la descomposición, me he inscrito en la sociedad de cremaciones para que el día que yo muera el fuego me consuma y quede de mí, como único rastro de mi limpio paso sobre la tierra, unas puras cenizas.

SONORA